Cristiano Peixoto Maciel

Educação Ambiental

Contos, Microcontos e "Desencontos"

Cristiano Peixoto Maciel

Educação Ambiental

Contos, Microcontos e "Desencontos"

COORDENAÇÃO EDITORIAL
Cristiano Peixoto Maciel

DIAGRAMAÇÃO
Juliana Blanco

REVISÃO
Paula Lúcia Lacerda Guimarães

CAPA
Lura Editorial

IMAGEM
Shutterstock

EDITORAÇÃO DIGITAL
Claudio Braghini Junior

Todos os direitos desta edição
são reservados a Cristiano Peixoto Maciel

Primeira Edição

LURA EDITORIAL - 2019.
Rua Manoel Coelho, 500. Sala 710
São Caetano do Sul, SP – CEP 09510-111
Tel: (11) 4318-4605
Site: www.luraeditorial.com.br

Catalogação na Fonte do Departamento Nacional do Livro
(Fundação Biblioteca Nacional, Brasil)

M152 Maciel, Cristiano Peixoto

Educação ambiental: contos, microcontos e "desencontos" /
Cristiano Peixoto Maciel. Lura Editorial – 1ª Edição – São
Paulo, 2019.

ISBN: 978-65-80430-56-7

1. Ficção 2. Contos 3. Educação ambiental I. Título.

CDD: B869.3

atendimento@luraeditorial.com.br
www.luraeditorial.com.br

Este livro é dedicado às minhas filhas Ana Bárbara da Silva Maciel e Fernanda Gomes Maciel, que são minhas melhores partes; aos meus pais Gecilda e Celiano; aos meus alunos e alunas; aos amigos e amigas; aos meus professores e professoras — com diploma ou não—; aos amantes da natureza; aos profissionais da educação e a Deus por nos abençoar sempre e permitir esta obra.

"Pelo fato de sermos interdependentes, cada coisa certa e sustentável que fizermos repercutirá no todo. Por essa razão, tudo é importante, seja o que é feito numa escola, num grupo de jovens, num grande laboratório, numa decisão política ou numa manifestação indígena em favor da paz mundial. Tudo concorre para resgatar, sanar e conferir sustentabilidade à vida de Gaia e à nossa vida."

Sustentabilidade: O que é — O que não é.
(Leonardo   Boff,   2015).

Prefácio

Aqui dentro, você encontrará narrativas curtas e outras não tão curtas assim, mas que possuem como objetivo principal permitir ao leitor fazer uma reflexão sobre as questões ambientais de forma lúdica, emocionante, prazerosa e até engraçada.

Os contos e microcontos passam uma mensagem com objetividade e nem sempre tem um fim no ponto final. Deguste cada leitura, deixe sua imaginação guiar seus sentimentos, ria, chore, grite, pule... E, principalmente, promova ações, das mais simples às mais elaboradas, em defesa do respeito ao meio ambiente.

Algumas pessoas me perguntaram: O que são "Desencontos"? Utilizei esta palavra no título, com a devida licença poética, para que pudesse me sentir livre ao escrever, e assim, passar meus sentimentos para o papel sem me preocupar com gênero literário. Então, se você ler aqui algo que não se enquadra com a definição de um conto, microconto, entre outros, deguste mesmo assim, pois saiba se tratar de um "Desenconto".

Nossa pretensão é que você se divirta! E, se achar pertinente, que incorpore em seu cotidiano algumas coisas boas que discutimos aqui dentro.

Convido você para viajar nestas emoções e sentimentos que passam uma mensagem ambiental de forma diferente e palatável. "Bora" degustar Educação Ambiental: Contos, Microcontos e "Desencontos".

A Fada da Natureza

ERA UMA VEZ um grande amor que, à primeira vista, parecia ser impossível, mas que superou todas as barreiras e frutificou.

Em um belo dia, o Céu apaixonou-se pela Terra. Ele ficava lá de cima apreciando o planeta azul desfilar sua beleza pela imensidão do Universo. Enquanto isso, a Terra flutuava calmamente e sentia-se abraçada pelo Céu.

Um estava presente no outro, mas nunca ousaram sequer conversar. Todavia a admiração e o amor entre os dois cresciam com o passar dos anos e dos séculos. O Céu não aguentava mais tal sentimento e fazia chover para ter contato com a Terra e quando a chuva cessava, ele assoprava para secar sua amada.

A Terra entendia o recado e recebia, apaixonada, as carícias de seu amado.

O casal resolveu assumir que um não vivia sem o outro e o amor encantado, enfim, foi concretizado. Neste dia, os vulcões entraram em erupção, as ondas do mar saltaram o mais alto que podiam, os rios se jogaram no mar com imensa felicidade, as árvores pareciam bailar impulsionadas pelo vento, a chuva presenteou os seres vivos com a água mais pura e fresca e os animais comemoraram saltando e voando com muita alegria.

O tempo passou...

E o amor frutificou. Eis que da Terra nasceu uma bela menina que parecia uma indiazinha. Como o casal não podia cuidar da criança, ela foi colocada em um barquinho de palha no rio Amazonas. A pequena embarcação foi guiada por botos cor-de-rosa até uma aldeia de índios Goytacá.

Ao chegar a seu destino, a criança começou a chorar. O Pajé da tribo, que fazia seu culto aos deuses do Céu e da Terra ali perto, ouviu e foi procurar a criança que chorava. Encontrou a pequenina ainda na embarcação, que neste momento, já estava começando a encher de água.

O ancião resgatou, secou a menina e a batizou ali mesmo. O velho Pajé sabia que aquela criatura era um presente dos deuses.

— Pequenina que vieste trazida pelos deuses do Céu e da Terra, sua missão aqui será de proteger a nossa Natureza. — Ergueu a criança o mais alto que conseguiu e disse: — Seu nome será Fauna, a protetora do meio ambiente.

O Pajé levou a menina para a tribo Goytacá, apresentou aos seus membros, explicou como ela foi encontrada e que era um presente dos deuses. Todos receberam Fauna muito bem. A esposa do Pajé ficou cuidando da menina...

Fauna crescia e era mesmo uma menina diferente. Logo cedo, o Pajé percebeu que ela entendia os animais, conversava também com as plantas e tinha algum poder sobre as águas e o vento. Quando completou sete anos, o Pajé levou Fauna até onde ela havia sido encontrada e lhe contou sua história:

— Filha, um dia eu estava aqui neste exato lugar fazendo minhas orações para os deuses do Céu e da Terra. Quando ouvi seu choro — a menina ouvia atentamente as palavras do ancião —, corri e encontrei você dentro de um barquinho de palha. — A menina sorriu e disse:

— Eu sei, meu herói!

— Sabe como? — perguntou o Pajé.

— Os botos me disseram.

— Linguarudos estes botos! — E os dois riram e se abraçaram.

— Pajé, preciso te contar outras coisas!

— Diga, pequena Fauna!

— Também consigo conversar com as plantas, dominar a água e o vento, mas nenhum curumim faz isso. Tenho vergonha e escondo este segredo de todos.

— Fauna, você é especial! Foi confiada a mim pelos deuses e, na hora certa, terá que cumprir sua missão de proteger toda essa Natureza — disse o Pajé apontando para a mata, o rio e para o céu.

— Eu sei! Mas até chegar este momento, vamos guardar este segredo. Tá! — disse Fauna jogando um pouco da água do rio no Pajé usando seus poderes. Os dois voltaram felizes para a aldeia.

O tempo passou...

Fauna cresceu como uma curumim quase normal. Aprendeu todas as tradições da tribo Goytacá, passou por todos os rituais e estava prestes a completar dezoito anos quando aconteceu...

A menina havia saído para conversar com suas árvores preferidas e com o casal de onça pintada. Passeava pela floresta quando um grupo de caçadores encurralou as onças que estavam com filhotes. Um deles atirou; a menina gritou com os malvados caçadores e promoveu uma grande ventania para assustá-los. Fauna correu atrás deles e acabou levando um tiro e caindo em um buraco feito no chão. Era uma armadilha para pegar onças.

A protetora da Natureza ficou por horas caída na armadilha...

O buraco era muito fundo e os bichos da floresta começaram a aglomerar em volta para saber se a menina estava viva. A onça gritou:

— Fauna! Fauna! Fauna! — Nada de resposta. Outros animais tentaram sem sucesso. Foi então que o grande Pau-brasil entoou um belo canto que rogava ao Céu e à Terra pela vida de Fauna.

O Céu e a Terra conversaram e a conclusão é que chegara o momento de Fauna assumir seu posto.

Quando a árvore cessou seu canto, eis que uma luz colorida brilhou dentro do buraco. O vento parou, os animais ficaram em total silêncio e Fauna surgiu com um belo par de asas. Ela sai, sobrevoa os animais, as árvores e pousa em um galho do Pau-brasil.

— Ela morreu e virou um anjo! — disse a onça.

— O mais belo anjo! — disse bem baixinho o Pajé que acompanhava tudo a certa distância.

— Ela não morreu! — disse o grande Pau-brasil. — Atenção, animais e vegetais! Nossa querida Fauna se transformou em uma fada.

— Óóóóhhhh!!! — todos ficaram admirados.

— É a Fada Fauna? — perguntou a onça.

— Não! — respondeu o Pau-brasil. — Ela é a Fada da Natureza.

As testemunhas que ali estavam comemoraram gritando e fazendo uma grande festa. A Fada da Natureza desceu e foi conversar com todos e ressaltou seu compromisso de defender os animais, vegetais e todos os ecossistemas. Deixou para falar por último com o Pajé, que assistia a tudo de longe. Agradeceu e disse que, infelizmente, nunca mais poderia voltar à tribo, mas que sempre estaria por perto. Era só o Pajé ir até a beira do rio e chamá-la que viria voando.

Para orgulho dos amantes Céu e Terra.

Outro dia, um menino do sertão nordestino que chorava à beira de um rio seco, sob um Sol escaldante, rogou ao céu por água para ele, sua família, para as plantas e animais. Antes de desmaiar, teve uma visão de um ser alado que chegou perto dele e lhe deu água fresca. Quando o menino acordou, a chuva lhe banhava...

Na região Sul, uma senhora de setenta e cinco anos enfrentava uma grande tempestade. Pediu à Terra que amenizasse sua fúria. A senhora dormiu e sonhou com uma fada de asas verdes e, quando acordou, a tempestade havia parado.

Na região central do Brasil, o desmatamento avançava e as árvores pediram para que a Fada da Natureza conscientizasse os homens e assim ela fez. Os agressores passaram a plantar árvores ao invés de cortá-las.

No Pantanal, os peixes pediram por águas limpas e a Fada da Natureza atendeu, protegendo as nascentes e a mata ciliar.

No Cerrado e na Caatinga, a Fada da Natureza faz a vida florescer, mesmo na seca.

No Oceano, as baleias e os golfinhos entoaram um coro de lamento devido à grande quantidade de lixo que chega até lá. A Fada da Natureza está trabalhando para que o bicho homem reverta esta situação.

Manguezais e Restingas são igualmente protegidos da fúria do bicho homem pela Fada da Natureza...

E assim nasceu a Fada da Natureza. E até hoje, sempre que chamada por crianças, adultos, vegetais e outros animais, ela vai e resolve as agressões contra a Mãe Natureza.

E você, o que vai pedir à Fada da Natureza?

Árvore

Plantei!
Cuidei!
Refrescou.
Respirei!
Floresceu.
Frutificou.
Colhi!
Comi!
Plantei...

Abatido

Pow!
Deu seu último piado;
Bateu as asas pela última vez;
No chão, deu seu último suspiro;
E... Ainda teve tempo de olhar nos olhos de seu algoz.

A Tia do Picolé

— Olha o picolé! Olha o picolé! — gritava e sorria aquela senhora de pele morena curtida pelo sol vibrante de janeiro.

Aparentava possuir sessenta anos, mas sua felicidade transbordava, mesmo puxando um carrinho cheio de picolé por aquela areia fofa e quente da praia. O termômetro denunciava que no litoral do interior fluminense a temperatura era de quarenta graus.

O melhor estava por vir. De repente, os gritos cessaram, ela tirou de seu bolso um celular desse comum e, naquele momento, o tempo parou no pedaço quente da praia.

A senhora começou a falar com uma pessoa e ria muito alto. Sua felicidade transcendia e ela, iluminada pelo Sol, brilhava.

As pessoas começaram a prestar atenção naquela mulher feliz. Ela dizia que estava trabalhando na praia e que era uma grande sorte a dela estar ali.

Enquanto isso, do outro lado da linha, uma pessoa parecia repreendê-la e a resposta era, sempre sorrindo, assim:

— Sua boba, larga mão de ser invejosa! Você "taí oh"! No calor do centro da cidade precisando de um ar condicionado — disse gargalhando a Tia do picolé.

Até as crianças estavam achando graça e encantadas por aquela Senhora que emanava alegria.

— Ô, recalcada, o meu escritório é na praia! Hahaha! — disse a Tia do picolé.

As pessoas ao redor estavam contagiadas e riam com aquela cena sob o Sol.

— Hum! Nada disso! Quando vendo um picolé, peço às pessoas para colocarem a embalagem e o palito na lixeirinha, sua boba. Nenhuma tartaruga vai comer esse lixo. Ó, eu ainda cato latinha para ajudar a natureza e fazer uma graninha extra. E você aí, presa no ar condicionado! Hahahaha...

Pegou o celular, virou para ela como se a outra pessoa pudesse vê-la através da tela, riu e gritou:

— Olha o picolé! Olha o picolé da felicidade, uma chupadinha, uma risadinha!

Saiu rindo, desligou o celular e voltou ao trabalho, mas nem conseguiu sair dali... Fez fila para comprar o picolé da felicidade, que a cada chupadinha, vinha de brinde uma risadinha.

Sapo Revoltado

— Que história é essa que o Sapo não lava o pé?

— Você já cheirou o pé de algum Sapo para saber se tem ou não chulé?

— Cheire   o   seu   antes   de   falar   do   meu!!!

O Animal Racional

Dizem que o bicho homem é o animal racional.

Tenho minhas dúvidas.

Essa espécie é a única que:

Mata, tortura ou caça — por prazer ou dinheiro —, inclusive a sua própria espécie;

Joga no rio, dentro de sacola, criança recém-nascida;

E, por incrível que possa parecer:

Polui a água que bebe, o ar que respira e o solo de onde retira parte de seu alimento.

Uma salva de palmas para o Bicho Homem!!! — O Animal Racional.

Cão

Amigo   Cão.

Extinção

Poluí!
Devastei!
Matei!
Sofri!
Morri!

Reunião dos Animais em Defesa da Natureza

— Au, AuAuAu, AuAu, Au, AuAuAuAu, AuAu;

— Zuuummm, Zuuummm, Zuumm, ZumZum;

— Miauuu, Miiiiaaauuuu, Miau, Miiaauu, Miau;

— Gluubb, GlubGlub, Gluubb, GlubGlub, Glub;

— Piu, Piu, Piu, Piiiuuu, Piu, Piu, Piiiuuu, Piiuu;

— Cóóó, Có, Có, Cóóó, Cóóóó, Có, Cóóó, Có;

— Grrraaauuu, Grraauu, Grrraaauuu, Grraauu;

— Him-hom, Him-hoom, Him-hoom, Him-hom;

— Croac, Croooac, Crooac, Crooac, Croooac;

— Oinc, Oinc, Oinc, Oiinc, Oiiinc, Oiiinc, Oinc;

— Múúú, Múú, Múúúú, Múúú, Mú, Mú, Múúú;

— Quém, Quéém, Quéém, Quéém, Quééém;

— Hu, Huhuhu, Huhu, Hu, Huhu, Huhuhu, Hu;

— Méé, Méééé, Mééé, Mé, Mééé, Méé, Mééé;

— Currupaco, Currupaco, Currupaco, Currupaco;

Infelizmente, o bicho homem não veio, pois pouco entende da linguagem dos outros animais.

Aventura da
Tartaruguinha Ana Bebê na lagoa de Grussaí

No período de setembro a março, as tartarugas marinhas desovam nas praias onde nasceram. A mamãe tartaruga pode fazer até 13 desovas neste período e colocar de 120 a 200 ovos por postura. Os ovos levam de 45 a 60 dias para eclodirem.

A princípio, parece muito, mas a quantidade de predadores é grande, tais como: caranguejos, cachorros do mato, aves e outros.

Todavia o mais covarde deles é o bicho homem. Esta espécie costuma matar as mamães que sobem à praia para desovar, pega seus ovos para comer ou vender, e ainda, passeia com seus carros nas praias onde os ovos estão sendo chocados. Tal ação é proibida por lei. Com isso, eles podem ser quebrados.

As coitadinhas podem ser presas nas redes de pesca espalhadas pelo mar, vindo a morrer afogadas, pois esses animais precisam vir à superfície para respirar.

Estima-se que a cada mil tartarugas que nascem, apenas uma ou duas chegam à fase adulta.

I

Em uma feliz manhã de verão, nasceu na praia de Grussaí a tartaruguinha Ana Bebê.

Como acontece quando uma tartaruga marinha nasce, ela saiu do ninho e correu na direção do mar. Antes de seu primeiro mergulho parou, levantou a cabecinha para gravar aquela região e, só então, se jogou nas águas do oceano. Esta marcação da região é para que ela volte, quando adulta, para desovar no mesmo local onde nasceu.

A pequenina nadou, nadou e nadou por longos sete dias até encontrar um banco de algas que lhe garantiria alimento e proteção.

Quando cresceu o suficiente, saiu da zona de conforto e foi se aventurar pelo oceano.

Fugiu de um tubarão faminto que tentou almoçá-la, quase ficou presa em rede de pesca, chegou a ser bicada por uma ave marinha, mas conseguiu se safar.

II

Ana Bebê se aproximou da praia de Grussaí, onde havia nascido. Estava muito triste e com medo. Quando olhou para o lado, avistou ao longe uma outra tartaruga que saboreava uma água-viva. Criou coragem, se aproximou e perguntou:

— Ei! Ei! Você é o meu papai? — perguntou, pegando aquele macho de surpresa.

O Sr. Cristuga chegou a engasgar com a água-viva, fato que lhe deu tempo para pensar na resposta.

Ele, ainda sem jeito e sem certeza, pois as tartarugas não costumam identificar filhotes, resolveu embarcar naquela situação:

— Sim! Sim! Sou eu mesmo! — disse o Sr. Cristuga que se sentia um pouco sozinho e a companhia daquela pequenina poderia lhe fazer bem.

As duas tartarugas abraçaram-se e nadaram juntas. O pai explicava sobre os perigos e as coisas boas do mar. Seguiram bem felizes...

III

— Papai por que a água está ficando com cor e sabor diferentes aqui? — perguntou Ana Bebê.

— Porque, minha gracinha, bem aqui existe uma lagoa — explicou o Sr. Cristuga — que está conectada ao mar, pois os humanos fizeram uma abertura na faixa de areia que a separava do oceano.

Sempre que a lagoa enchia por causa das chuvas ou nascentes, o bicho homem abria a barra de areia para a água escoar na direção do mar.

A abertura tornou-se uma rotina ilegal, pois só pode ser feita com autorização dos órgãos ambientais, mas elas acabam ocorrendo na calada da noite, pois o bicho homem vem desmatando a mata ciliar, que é restinga, aterra a lagoa e constrói suas casas.

Quando a lagoa recebe um pouco mais de água, passa a entrar nas casas que são construídas de forma irregular em suas margens.

— A água que vem da lagoa não é salgada? — perguntou a pequena.

— Isso mesmo, minha querida — respondeu o Sr. Cristuga e foi além na explicação —, a água da lagoa é uma mistura de água doce com água salgada, chamada de água salobra. Daí, estarmos sentindo esse gosto diferente.

— Que legal! Pensei que só existia água salgada — comentou a Ana Bebê.

— Na lagoa tem muito alimento. Algumas espécies do mar aproveitam a abertura da barra e entram em busca de comida — disse o Sr. Cristuga.

— Papai, o que tem de bom para comer na lagoa? – perguntou Ana Bebê.

— São encontradas muitas algas, camarões, siris, peixes e outros – respondeu o Sr. Cristuga.

A filhotinha permaneceu um tempo pensativa...

Imaginou como seria lá dentro da lagoa: "Acho que é um mundo completamente novo e diferente de tudo que já vi no oceano."

A dupla ficou observando os pescadores que jogavam suas redes na busca por peixes que entravam e saíam da lagoa.

O Sr. Cristuga chamou a atenção e mostrou que eles pescavam peixes, siris e camarões, inclusive os menores e as fêmeas ovadas. O pai explicou para sua filha que aquele comportamento do bicho homem não era bom para a sobrevivência das espécies.

— Eles podem pescar, pois precisam comer, mas pegar os filhotes e fêmeas ovadas prejudica toda a cadeia alimentar — concluiu o Sr. Cristuga.

— Entendi! — disse Ana Bebê, que logo emendou uma pergunta. — Papai, essa abertura fica assim para sempre?

— Não, minha querida! A ação do vento e a força da maré podem movimentar a areia e fechar a abertura da barra. Todavia ela pode ficar aberta por mais de uma semana — explicou o Sr. Cristuga.

— Papai, fiquei muito curiosa para saber como é lá dentro da lagoa. Podemos entrar um pouco para conhecer? — perguntou a pequena tartaruga.

— Filha, podemos sim! Acho que será uma experiência importante para você — respondeu o Sr. Cristuga.

Esperaram diminuir a quantidade de pescadores. Quando só havia um pescador tarrafeando, o Sr. Cristuga decidiu entrar naquele ecossistema que estava ligado ao oceano, mas que possui uma dinâmica ambiental completamente diferente.

Passaram nadando bem depressa pela barra, entre uma tarrafeada e outra. Logo estavam no interior da lagoa.

Foi então que a pequena perguntou:

— A lagoa é importante para a nossa espécie, papai?

— Sim! Ela é importante para a nossa e todas as outras espécies de animais e vegetais. Inclusive para o bicho homem e que pode retirar alimento de suas águas e praticar atividades de lazer e turismo — explicou o Sr. Cristuga.

— Veja! Muitas casas coloridas nas margens da lagoa. Que legal! Não é? — disse a Ana Bebê.

— Não é tão legal assim, meu amor! Para construir essas casas, eles destruíram a mata ciliar composta por mangue e restinga. Onde pássaros, jacarés e outros faziam ninhos. Havia caranguejos, lontras, cobras...

— E o que aconteceu com estes animais, papai? — interrompeu a Ana Bebê com outra pergunta.

— Estes e outros foram lá... para o fim da lagoa, onde as matas estão preservadas e o bicho homem ainda não devastou nem poluiu com esgoto e lixo — explicou o Sr. Cristuga.

— Mas dizem que o bicho homem é um animal racional! — disse Ana Bebê.

— Sim! — disse o Sr. Cristuga.

— Não é racional poluir e destruir o local onde mora e de onde retira seu alimento, papai! — disse a indignada Ana Bebê, que ainda completou: — Nunca irei poluir o nosso oceano!

— E o pior é que a poluição não tem fronteiras. Se a água da lagoa estiver poluída com esgoto, esse material chega ao mar quando a barra é aberta — disse o Sr. Cristuga.

— Eita! Eles não estão satisfeitos em poluir a área deles, agora querem poluir nossa casa também. Que animal é esse? — disse a brava tartaruguinha.

Seguiram observando as casas coloridas, mas com canos de esgoto voltados para dentro da lagoa. Contemplaram algumas Garças que pescavam nas margens. A Ana Bebê quase foi atingida por uma sacola de lixo arremessada de dentro de uma das casas mais belas daquele lugar. O Sr. Cristuga chegou a ser banhado por uma descarga de esgoto ao passar perto de um dos canos. Logo se limpou e saíram daquela área.

Ao assistir o que havia acontecido com seu pai, Ana Bebê disparou:

— Papai, a água poluída pode fazer algum mal aos seres vivos?

— Sim! Pode trazer doenças para animais e vegetais. Inclusive para o próprio bicho homem, o animal racional — respondeu o Sr. Cristuga.

— O que o animal racional pode fazer para melhorar as condições da lagoa e evitar sua poluição? — perguntou Ana Bebê.

— Não jogar lixo nem esgoto nela; não cortar a mata ciliar que protege as margens e serve de abrigo para os animais; não praticar pesca predatória; não aterrar a lagoa para construir casas; plantar árvores nativas; promover a educação ambiental com suas crianças e adultos; e respeitar a lagoa e toda forma de vida — explicou o Sr. Cristuga.

— Entendi, papai! Então, se todos contribuírem com uma gotinha que seja, ela ficará mais limpa e segura — disse a Ana Bebê.

— Isso mesmo, meu amor — disse o carinhoso e atencioso Sr. Cristuga.

Nadaram um pouco mais, entrando na lagoa. Em silêncio, fizeram outras observações...

A Ana Bebê quebrou o silêncio com um pedido ao seu pai:

— Papai, vamos voltar para o oceano? Não me sinto segura aqui! Estou com muito medo!

— Claro, minha queridinha! Vamos embora nadar livres pelo mar, com a esperança de que um dia o bicho homem se lembre que é um animal e, como tal, faz parte da natureza e deve respeitá-la — disse o Sr. Cristuga.

— Um dia, quando voltar aqui com minhas filhas, espero encontrar tudo bem melhor que hoje! — concluiu a Ana Bebê.

O Choro da Vida

Chegou aquela época na qual suas lágrimas cobrem o chão, inundando de tal forma, que não é possível enxergar o solo em um raio de três metros.

Suas lágrimas caem em tamanha quantidade, que aquela vida ficou nua.

A imagem que restou, vista por qualquer passante, voante ou rastejante, foi de um exemplar fúnebre, totalmente nu e seco.

Nenhuma ave ousava se aproximar, nidificar ou chegar perto dela à procura de alimento.

Algum tempo se passou...

Quando o choro cessou e o Sol brilhou, aquele exemplar cadavérico parecia mostrar sinais de que algo mudou...

O passante, o voante e o rastejante, observaram um milagre acontecer.

Eis que a ressurreição dela ocorre diante dos olhos das incrédulas criaturas.

O passante pensou: "Mas... como?"

A primavera chegou! E com ela, as novas folhas, flores e frutos daquele exemplar. A árvore havia chorado toda sua plumagem e agora estava novamente exuberante.

Suas folhas brilhavam, saboreando a luz do Sol. Suas flores coloridas davam vida ao ambiente e exalavam um doce perfume que atraía os mais belos beija-flores e abelhas. Suas frutas completavam o lindo cenário e eram saboreadas pelos passantes, voantes e rastejantes.

Em sua sombra, o passante se refresca e em seus galhos, os voantes nidificam e os rastejantes sobem camuflados por suas folhas para fugir de predadores e para agir como tal.

Alguns meses se passaram, novos voantes nasceram, as frutas acabaram e   o   choro   recomeçou...

Saco de Lixo

Até um saco de lixo pode conter possibilidades...
Pergunte a um catador de materiais recicláveis!

O Pesquisador e o Leigo

— Meu caro, é preciso que você entenda a espécie Homo sapiens! Ela vive na biosfera e domina tudo, sendo deveras importante para o planeta! — disse o Pesquisador.

— Huumm!!! — resmungou o Leigo.

— Decerto que sabemos o funcionamento de Gaia, fato inerente aos doutores pesquisadores — disse o Pesquisador.

— Huumm!!! — resmungou o Leigo.

— Os biomas que edificam este país são todos descritos e entendidos pelos distintos membros da academia — completou o Pesquisador.

— Huumm!!! — disse o Leigo

— Nossas pesquisas são desenvolvidas em laboratórios com os equipamentos mais modernos que a tecnologia pode nos agraciar — disse o Pesquisador.

— Huumm!!! — disse o Leigo.

— Você tem que ler nossos artigos, monografias, dissertações, teses, livros e outras publicações científicas! — orientou o Pesquisador.

— Huumm!!! — disse o Leigo.

— É preciso que pessoas como você venham para a academia e aprendam os mistérios do planeta azul — sugeriu o Pesquisador.

— Huumm!!! — disse o paciente Leigo.

O velho Leigo ficou ali matutando, pensando em tudo, o que o Doutor havia falado e disparou:

— Ô, Dotô, intendi bem pouco do que ocê falô e pesquisô. Seu trabaio deve de sê muito importante, mas nóis semos pouco estudado por essas bandas.

— Huumm!!! — disse o Pesquisador.

— Deixa eu te mostrar uma coisa! — disse o Leigo.

— Huumm!!! — disse o Pesquisador.

— Tá vendo aquelas árvores que estão cheias de frutas, com muitos passarinhos em volta? Aquelas bem perto daquele zóio d´água — disse o Leigo apontando.

— Huumm!!! — disse o pesquisador.

— Foi tudo nóis que pranto! Eu e toda essa gente aqui da comunidade.

— Huumm!!! — disse o Pesquisador.

— Dotô, aqui nóis num sabe tanta coisa como ocês lá da cidade grande — relatou o Leigo.

— Huumm!!! — disse o Pesquisador balançando a cabeça concordando com o Leigo.

— Mais tá vendo aquela ali? É a Dona Gilda! Ela olha para o céu, vê a lua e outras coisas e diz pra gente quando vai chover. Aí, nóis tudo vai pra lavoura e pranta — disse o Leigo.

— Huumm!!! — disse o Pesquisador.

— Ali, ó — disse o Leigo, apontando para uma casa bem simples —, mora Dona Cotinha. Ela é a nossa parteira e sabe dizê se o neném é menino ou menina. Isso quando a muié ainda tá prenha.

— Huumm!!! — disse o Pesquisador.

— Esse aqui é o Zezinho, o mió amansador de jegue da região — disse o Leigo cumprimentando o Zezinho.

— Huumm!!! — disse o Pesquisador.

— Aquela ali é a Sinhá Maria. Ela é a nossa rezadeira. Reza criança, mau olhado, espinhela caída, olho gordo, afasta sogra chata, traz a pessoa amada em sete dias... reza até dor de corno — disse o sorridente Leigo.

— Huumm!!! — disse o Pesquisador rindo.

— Sabia que aqui nóis num caça? Nóis cria galinha, leitão, cabrita, vaca... — Explicou o Leigo.

— Huumm!!! — disse o Pesquisador.

— Sabe, Dotô, uma vez por semana, toda essa gente daqui, vai em uma propriedade e pranta árvores nos topo de morro, nas várzeas, onde tinha ou tem zóio d´água...

— Huumm!!! — disse o Pesquisador.

— Ó, tem luga que a água tinha secado de tudo e agora o povo tem água pra bebê, dá pros bicho, molhar as prantas... — disse o Leigo.

— Huumm!!! — disse o Pesquisador.

— Ô, Dotô, o Senhor já prantô arguma árvore? — perguntou o Leigo.

Durante um tempo, somente o som dos grilos foi ouvido. Tempo suficiente para uma reflexão dos dois debatedores.

O Doutor Pesquisador, enfim, respondeu:

— Não!!! Nunca plantei!!! — respondeu o envergonhado Pesquisador.

— Huumm!!! — disse o Leigo.

— O Senhor, pode fazer o favor de me ensinar? — pediu o Pesquisador.

— Será um prazê tê o Dotô no nosso grupo — respondeu o Leigo.

Os dois estavam chegando perto da casa do Leigo, que ficou muito feliz e levou a novidade para sua amada:

— Ô, muié! Ô, muié! O nosso minino vortô!!!!

Ave Maria

Ave! Ave! Ave Mariiaa...
Nem toda ave bate asas e voa.
Nem toda ave é um passarinho.
Amém!

Trepada

Quando viu, saiu correndo e trepou. Não se preocupou se as pessoas estavam vendo e se falariam mal dela.

Trepou e trepou como se fosse a última vez.

Chupou tanto, que chegou a babar muito naquele tronco.

A quantidade de caldo era tão grande, que chegava a escorrer por suas pernas.

Ainda trepada e toda molhada, mordeu e engoliu tudo freneticamente.

Saboreou até ficar satisfeita e somente após seu deleite...

Desceu do pé de manga e foi se lavar.

Pilhagem Ambiental
da Terra Brasilis

Chegaram em suas formosas Caravelas, encontraram com as índias e com os índios.

Derrubaram a primeira árvore e construíram uma cruz. Agradeceram a Deus na missa, distribuíram espelhos e pentes, mas pegaram frutas, árvores, animais, água, minerais...

E assim, começou a pilhagem ambiental dos bens da Terra Brasilis que dura   até   os   dias   atuais.

Deixo somente pegadas

Na retina e na máquina, levo as belas imagens da praia daquele paraíso.

No meu corpo, avermelhado pelo deus Sol, levo um pouco de sal.

Na sacola, levo todo resíduo que gerei.

E, na areia da praia, deixo apenas pegadas que o vento e as ondas do mar   encarregam-se   de   apagar.

Plantou e Seguiu

De repente, parou, plantou uma árvore e seguiu sem nem olhar para trás.

A Tradição da Mulher Catadora de Caranguejo

A mulher se destaca por possuir a capacidade de desempenhar muitos papéis ao mesmo tempo: mãe, esposa, filha, profissional, dona de casa, namorada...

No estuário do rio Paraíba do Sul, o manguezal vem sendo agredido pelo bicho homem, entretanto ainda oferece seus produtos aos pescadores e pescadoras tradicionais.

Mas naquele lugar acontece uma situação diferente e curiosa...

— Queridos, vocês sabiam que aqui existe uma situação muito particular que acontece entre mães e filhos? — perguntou a guia de turismo.

— Nááãooo!!! — responderam os turistas.

— Aqui a tradição é a mãe ir para o manguezal com os filhos para caçar caranguejos e depois vender, enquanto o pai da família vai para o mar pescar — explicou a guia.

— Mas como assim? Esse ambiente é cheio de lama, mosquito, água, raízes, ostras, cobras, caranguejos e outros. Parece muito hostil para crianças e mulheres — questionou um dos turistas.

— Aos nossos olhos e costumes pode parecer — respondeu a guia —, mas o povo aqui de São João da Barra e de São Francisco do Itabapoana já está acostumado com essa tradição e metodologia de sobrevivência.

— Entendi! Como elas conseguem enfrentar este ecossistema perigoso? — perguntou uma adolescente do grupo.

— A mãe entra com as crianças na lama do manguezal. Elas conseguem andar com desenvoltura adquirida nos anos de trabalho e que é passada para as gerações futuras — explicou a guia.

— Olha, eu entendo de comer caranguejo — disse um senhor do grupo. — E sei que é difícil lidar com aquelas patas do bicho morto. Imagino como deve ser para uma mulher e para as crianças, caçar o animal, neste ambiente de difícil acesso e permanência.

— Então... — disse a guia. — Para retirar o caranguejo da toca, todos do grupo enfiam o braço no buraco até encostar o rosto na lama. Às vezes, eles se machucam com as raízes e ostras que crescem nelas. Outro acidente que pode acontecer é o caranguejo beliscar a mão deles.

— Nossa! Que perigoso! Nem pensamos nesse trabalho todo quando vamos comer caranguejos no quiosque do Zé Puã! Precisamos valorizar todo esse esforço — disse uma Senhora frequentadora assídua do quiosque.

— É mesmo! — concordou um professor que estava no grupo.

— Tem a parte boa! — disse a guia. — Contudo, costumam ser felizes com essa atividade. Cantam músicas tradicionais, brincam de jogar lama um no outro, sobem nas raízes e nas árvores do manguezal e, ao final da coleta, como todos ficam sujos dos pés à cabeça, sempre tem um banho de rio ou de mar. Assim, eles vão passando essa tradição de geração em geração — explicou a guia.

— Que história legal! — disse um pequenino membro do grupo de turistas. — Eu nunca entrei em um manguezal. Papai, me leva para conhecer o manguezal?

— Quem sabe um dia meu filho, — disse o pai que também nunca havia pisado na lama do manguezal, apesar de morar perto.

O grupo seguiu para o quiosque do Zé Pua. Chegando lá, fizeram seus pedidos e avistaram uma mulher franzina e seus dois filhos: uma menina de oito anos e um menino de dez anos.

Traziam um saco cheio de caranguejos para vender ao Zé Puã. Após a venda do carregamento de crustáceos, a senhora do grupo que observava todo o procedimento convidou a família de catadores para sentar-se à mesa, pediu uma caranguejada ao Zé Puã e ficaram conversando a tarde toda sobre a lida no manguezal.

Um fato curioso é que aquela família de catadores nunca havia sido cliente do Quiosque do Zé Puá, por não ter condições de pagar pelos pratos ali servidos.

O grupo, que nunca havia entrado no manguezal, combinou de acompanhar no dia seguinte o trabalho da família no manguezal.

Foi aí que ocorreu a verdadeira aula sobre manguezal...

A Mãe Natureza
Veste Espartilho

O bicho homem vem sufocando o ambiente, como se tivesse colocado na Mãe Natureza um espartilho.

Acontece que o ar está faltando a ele e não a ela.

Conclusão do ET

O ET aqui chegou, observou, analisou e concluiu:

A raça humana está no caminho da autodestruição. Em breve, se ela continuar agindo desta maneira no ambiente, o Planeta Terra estará livre desta espécie e continuará tranquilamente sua jornada pelo Sistema Solar e pelo Universo.

Ela ainda possui tempo para reverter a situação, entretanto é preciso mudar imediatamente sua relação com a Terra.

Aula de Sabão

— Atenção! Atenção! — disse o professor de química do segundo ano do ensino médio.

— Eita! Lá vem bomba! Quando ele fala assim... já sei! — disse o aluno mais bagunceiro da turma.

— Semana que vem, teremos aula prática no laboratório! Tragam jaleco, óculos de proteção e luvas — orientou o entusiasmado professor.

— EEEEHHHH!!!! — Os alunos comemoraram. Vale tudo para não ter aula tradicional.

— E o que faremos, professor? Já sei! Uma bomba! Pode ser? — perguntou o aluno bagunceiro, mas que agora estava entusiasmado.

— Nada de bomba, Artur! — disse o professor sorridente.

O mestre seguiu dando as orientações e informou que fariam sabão a partir de óleo de fritura usado. A turma deveria juntar cinco litros deste produto. O restante dos ingredientes já estava armazenado no laboratório da escola.

— Preciso que vocês formem quatro grupos. O primeiro vai ficar responsável por pesquisar a receita; o segundo vai pesquisar sobre os malefícios do descarte equivocado do óleo de fritura usado; o terceiro vai pesquisar as doenças causadas pelo reaproveitamento do óleo usado e o quarto grupo vai ficar responsável por apresentar outros produtos que podem ser fabricados a partir do óleo de fritura usado.

— Vai valer quantos pontos, fessor? — O bagunceiro fez a pergunta clássica.

— Hum! Quatro pontos, Artur! — respondeu o professor.

Os dias foram passando e os alunos ficaram curiosos. Alguns pesquisaram a receita na internet e outros ficaram juntando o óleo para garantir a quantidade solicitada pelo professor.

Chegou o dia da apresentação das pesquisas:

— Atenção! Grupo um, por gentileza, apresente a receita do sabão!

Os alunos foram até a frente da sala e fizeram a apresentação. Trouxeram cartazes com imagens e a sequência para a fabricação do sabão.

— Prestem atenção aqui na professora! — disse a aluna Rafaela.

A menina descreveu os ingredientes assim:

— Observem os ingredientes demonstrados aqui no cartaz:

1.	Cinco litros de óleo de fritura usado.

2.	Dois Litros de água.

3.	Um quilograma de Soda Cáustica (hidróxido de Sódio) em escamas.

4.	Um copo médio de sabão em pó.

Leandro ficou encarregado de descrever o processo de fabricação:

— Aí, galera, se liga só no passo a passo do sabão:

1.	Vestir o jaleco, colocar os óculos de proteção e calçar as luvas.

2.	Coloque os dois litros de água em um balde de plástico e adicione a soda cáustica lentamente. Cuidado! A reação química que ocorre libera calor e por isso deve ser feita ao ar livre.

3.	Quando toda a soda cáustica for dissolvida, adicione lentamente o óleo de fritura usado, após ser filtrado.

4.	Adicione o sabão em pó.

5.	A mistura deve ser mexida com uma colher de madeira ou de plástico por cerca de cinquenta minutos.

6.	A massa vai ficar um pouco pastosa. É o momento de colocar na forma. No outro dia, o sabão deve ser retirado da forma e o consumo será liberado após dez dias da fabricação.

Terezinha fez uma observação muito importante:

— Pessoal, temos que tomar muito cuidado! A soda cáustica pode queimar a pele e tem mais: em nenhum momento pode ser usado qualquer material de metal, pois a soda cáustica pode reagir e dissolver os metais.

— Muito bem! O grupo está de parabéns! Uma salva de palmas! — disse o professor.

Todos aplaudiram e o professor chamou o segundo grupo para fazer a apresentação dos problemas causados pelo descarte incorreto do óleo de fritura usado. Milena iniciou a apresentação:

— Gente, o óleo de fritura usado não deve ser descartado em qualquer lugar, pois pode causar vários problemas, tais como:

1. Quando o óleo é descartado na pia da cozinha, vai aderindo às paredes da tubulação e, com o passar do tempo, ocorre o entupimento. Tem casos em que se faz necessário quebrar as paredes para trocar a tubulação, gerando grande prejuízo.

2. Quando o óleo chega através do esgoto aos rios, lagos, mar e outros corpos hídricos, causa poluição da água e pode matar os seres vivos do ecossistema atingido.

3. Quando o óleo é jogado no solo, promove a impermeabilização daquela área e a água da chuva não infiltra. O solo fica poluído. Pode ainda, atrair insetos e roedores por causa dos restos de alimentos.

Os outros membros do grupo apresentaram cartazes exemplificando os casos citados por Milena.

O professor agradeceu a apresentação e o grupo foi aplaudido. A terceira equipe foi convocada para sua apresentação.

Júnior falou das possíveis doenças que podem acometer quem consome produtos que são preparados com óleo de fritura usado.

— Rapeize, reutilizar o óleo tá com nada! Fiquei boladão quando vi o que pode rolar. Saca só!

1. Diarréia.

2. Gastrite.

3. Causar vômitos.

4. Entupir as artérias e veias.

5. Até câncer pode rolar e muito mais.

O quarto e último grupo foi convocado para sua apresentação.

Patrícia relatou os produtos que podem ser fabricados a partir do óleo de fritura usado.

— Oh! Fiquei impressionada com as possibilidades de produtos que podem ser feitos com esse material. A reciclagem do óleo pode gerar:

1. Sabão sólido, líquido ou em pasta para ser usado na cozinha ou mesmo para lavar roupas.

2. Detergente.

3. Vela, inclusive as aromatizadas.

4. Massa de vidraceiro que é utilizada principalmente para fixar vidros em janelas, por exemplo.

— Quero parabenizar a todos! As apresentações foram muito bem feitas e organizadas — disse o professor.

— Fessor, ficamos curiosos e com vontade de fazer o sabão. Quando será o grande dia? — perguntou Márcia.

— Que bom que vocês gostaram! Faremos nosso tão esperado sabão na próxima aula.

— Uuhuuuu!!! — Comemoraram os alunos.

Como consequência do projeto, os alunos começaram a juntar o óleo em casa para fabricar sabão na escola.

O sabão passou a ser utilizado na cozinha da instituição e a família da aluna Terezinha passou a fazer o produto para vender. A demanda pelo sabão ecológico foi tão grande que eles passaram a recolher o óleo de restaurantes, lanchonetes e residências de todo o bairro.

EducAÇÃO

Seguimos... Acreditando que a **EducAÇÃO A**mbiental é uma fonte de transform**AÇÃO** do bicho homem.

Saudade Animal

Quando sinto muita saudade de minhas filhas, passo um tempo no quarto delas.

Hoje, não foi diferente. Resolvi escrever no quarto rosa. Elas não estavam lá, mas as flores, as borboletas e a bailarina da parede, a lua e as estrelas do teto e os bichos, estavam todos presentes.

Qual foi minha surpresa, quando as flores não exalaram perfume, as borboletas não bailaram junto com as bailarinas e nem as estrelas e a lua iluminaram o ambiente.

O silêncio que reinava no quarto era ensurdecedor.

Os cachorros de pelúcia não fizeram a festa que fazem com as meninas e nem um latido pude ouvir.

O jacaré, que veio no lanche, está de braços abertos, mas não me abraça.

O urso, todo sorridente, nem para me dizer um olá.

O sapo nem para lavar o pé, coaxar ou mesmo fazer um ueba.

Mas sei que a cada 15 dias eles ganham vida, e eu, o amor das minhas filhas.

Preferi não escrever e deitei na cama delas para ouvir aquele doído silêncio...

O Pastor

Aquele pastor passava os dias a pastorear com muito amor e carinho. Guiava suas ovelhas pelas mais belas paisagens criadas por Deus.

Certa vez, as levou para um campo rico em alimentos e cercado por uma grande cordilheira. O cenário parecia de filme.

Em seu pensamento agradeceu: "Como Deus é Bom!!! Nos presenteia com tudo de que precisamos."

No outro dia, pastoreou a beira do rio que tem águas límpidas e cristalinas. Suas ovelhas, como em um ritual de batismo, beberam e se banharam na mais pura das águas montanhesas.

De outra vez, cruzaram um pequeno deserto até o oásis que oferecia alimento bom, água fresca, segurança, tranquilidade e harmonia.

E assim, seguia a cumplicidade do pastor e suas ovelhas: ele guiava e elas obedeciam...

Todavia, em um belo dia, uma das ovelhas resolveu pensar e agir de forma diferente e buscou um novo caminho, o melhor que já havia percorrido.

O Pastor não aceitou ser contrariado e excomungou a ovelha revolucionária, que viveu livre e feliz por campos bem mais férteis.

Canto do Prisioneiro Liberto

A organização do concurso postou as regras. Entre elas, uma muito temida pelos possíveis participantes:

"Os pássaros participantes deverão ser registrados, anilhados e o documento do proprietário deve estar dentro da validade."

Seu João Piupiu ficou apreensivo, pois esperava ganhar muito dinheiro com seu Papa-capim que havia capturado há pouco tempo em um fragmento de mata urbana, na cidade de Campos dos Goytacazes – RJ.

A anilha de seu passarinho parecia uma dessas pulseiras de funkeiro ou sertanejo de tanto que brilhava.

O apetrecho que ornamentava uma das patinhas do encarcerado, havia sido adquirida na lojinha de ração do Zé Mané, que vendia esse produto junto com a documentação falsa, mas somente para amigos de confiança.

Claro que o ornamento era frio e não possuía o certificado do órgão ambiental responsável por registrar animais para criadores autorizados.

É preciso lembrar que animais capturados na natureza em hipótese alguma podem ser regularizados. E se o caçador ou comprador insistir na captura, comércio, transporte, participação em torneios, utilização de documentos e anilhas falsos... estará cometendo Crime Ambiental e pode ser preso, responder processo, pagar multa e ter o animal apreendido.

Os órgãos ambientais disponibilizam números de telefone para a população fazer denúncias anônimas. Fato que o Seu João Piupiu sabia, mas sempre ignorava por completo e ainda debochava:

— Ninguém tem coragem de denunciar um evento desse porte!!!! Lá, tem muita gente grande!!! — disse ao seu filho que o estava alertando sobre o risco de ser apanhado com pássaro ilegal.

— Sim, papai! Mas a maior parte deles possui as licenças dos animais — disse o filho preocupado.

O Papa-capim cantava muito bem. Para Seu João Piupiu, já era o vencedor do torneio. No entanto, o canto daquele animal, nada mais era do que seu lamento por ter sido aprisionado em uma gaiola de 40cm de largura, 50cm de comprimento e 60cm de altura. Era também um sinal de alerta para sua amada não se aproximar e nem procurar por ele, pois, agora, ela teria a dura missão de cuidar sozinha dos filhotinhos que estavam por nascer naqueles dias.

O bicho, acostumado com a liberdade, vivia cantarolando pela cidade mesmo na área de concreto. Agora estava escravizado, enfeitado e com valor em R$.

Em uma tarde fria, véspera do torneio, o pássaro cantou como nunca. A linda melodia era ouvida a uma grande distância. O Seu João Piupiu era só orgulho do canti de seu bicho.

Na verdade, o Papa-capim estava externando seu mais ardente sentimento de saudade. A cada entoada, seu coração parecia dilacerar e seus pulmões se enchiam para lhe permitir cantar cada vez mais alto e belo. Sentia saudades de sua amada, de sua prole que nem teve o direito de conhecer e de sua liberdade.

No dia seguinte, todos estavam lá para acompanhar as batalhas dos tenores enjaulados e escravizados.

O local era um pequeno galpão, quente e com pouca ventilação, escondido nos fundos de uma oficina mecânica. Os apostadores e carcereiros vinham de todos os lados com seus prisioneiros. Havia gaiola até de ouro e o tenor que a ocupava valia, seguramente, mais de duzentos mil reais. Outras celas nada valiam e ainda possuíam um alçapão para capturar algum pássaro que fosse atraído pelo recital que estava por começar.

O ambiente era tomado de pássaros de todas as cores e raças, crianças e adultos, homens e mulheres. Gaiolas com e sem habitantes para todo lado, negócios eram realizados antes mesmo de começar o evento, inclusive um senhor vendia pássaros empalhados. Esses enfeites, já sem vida, outrora eram gladiadores que morreram em suas jaulas após serem explorados e agora seus corpos embalsamados estavam à venda sem direito a um repouso decente.

O som ambiente era uma mistura de cantos nobres, quando ouvido pelo bicho homem. Quando ouvido pelos gladiadores, nada mais era do que ladainhas de tristezas, reclamações, murmurações e gritos de socorro.

— Façam suas apostas!!! Façam suas apostas!!! — berrou o organizador do torneio.

— Eu aposto dois mil reais naquele pássaro. — Apontou para o papa-capim do João Piupiu, um senhor abastado cheio de correntes de ouro.

O silêncio tomou conta do ambiente. Até os concorrentes calaram-se. O frenesi deu espaço a desconfianças e olhares de admiração por causa da grande oferta.

O organizador logo chegou para perto daquele distinto senhor e lhe ofereceu um whisky, por conta da casa.

A batalha começou e o estreante recém-capturado foi ganhando suas batalhas e seu valor bateu todos os recordes.

Era aposta e luta para todo o lado. O comércio de apetrechos corria normalmente. Um vendedor de camisas chegou a propor ao João Piupiu fazer camisas com a foto do campeão para vender no próximo torneio.

Somente as estrelas não estavam satisfeitas com toda aquela movimentação e gritavam cada vez mais alto.

O senhor abastado que havia apostado no passarinho sensação pegou seu celular, saiu para um local discreto e fez uma ligação. Ninguém desconfiou ou mesmo percebeu o astuto.

No auge do torneio, veio a grande surpresa para os presentes...

Novamente o silêncio reinou no ambiente e ninguém se movia, mas, desta vez, os prisioneiros pareciam adivinhar e cantaram como o mais belo coral que já se apresentou.

— Não é possível! — disse o organizador.

— Você nos garantiu que isso não tinha como acontecer — disse um dos proprietários de um prisioneiro campeão.

— Não estou entendendo! O que está acontecendo? — perguntou o agora assustado João Piupiu.

Os participantes foram cochichando um com o outro para tentar entender o que realmente se passava naquela cena.

— Ninguém entra e ninguém sai! — ordenou o senhor abastado.

Agora a coisa estava ainda mais confusa. O organizador olhou para aquele senhor que estava apostando e se divertindo, mas que, naquele momento, parecia ter se transformado e disse:

— Meu amigo, por que você está agindo assim? Com todo respeito à sua movimentação aqui em nosso ambiente, mas você não manda aqui — disse o organizador.

— Aí que você se engana! — O senhor tirou seu distintivo do bolso e anunciou: — Polícia Florestal! Ninguém sai do recinto! O meu pessoal está aqui fora e vai entrar para verificar a documentação dos pássaros e dos proprietários.

O João Piupiu parecia não acreditar na armadilha que havia caído. A primeira coisa que pensou foi que perderia seu prisioneiro valioso e depois pensou no alerta feito por seu filho.

Os policiais entraram no ambiente, organizaram cinco filas e começaram a verificação...

Os criadores que estavam com a documentação correta e seus pássaros estavam devidamente anilhados eram liberados. Já os que estavam sem documento, com a licença atrasada ou com anilhas e documentos falsos eram algemados e seus tenores apreendidos.

Chegou a vez do João Piupiu. Ele estava apreensivo, mas achou que tinha uma chance, pois seu animal estava anilhado e trazia consigo o documento falso comprado junto com a anilha.

— Por gentileza, Senhor! Seus documentos e do pássaro! — ordenou o policial que havia apostado no seu campeão.

— Sim, Senhor! — respondeu João Piupiu. — Aqui estão!

O policial disfarçado analisou os documentos e a anilha do papa-capim. Como ele já havia desconfiado, eram falsos e continham erros grosseiros.

— Seu João, onde conseguiu esse documento e a anilha? — perguntou o policial.

O João Piupiu não poderia entregar seu amigo falsificador e tentou ludibriar o experiente agente público.

— Sou criador registrado, doutor! Tirei o documento no órgão ambiental da cidade. — Suas expressões lhe denunciavam.

— O senhor pode facilitar as coisas e não agravar seus crimes! Vou lhe perguntar novamente de forma mais direta: Seu João, onde o senhor conseguiu este documento e esta anilha falsa?

Temendo por represálias à sua família, respondeu:

— Ok, doutor! Comprei de um cara que passou pela cidade vendendo o animal, o documento e a anilha falsificada. Mas não sei o nome nem de qual cidade ele veio.

— Seu João! O senhor está preso por falsificação de documentos, possuir animal silvestre sem licença e submeter o bicho a maus tratos. O senhor será conduzido à delegacia e ficará à disposição da justiça — concluiu o policial florestal.

Naquela tarde, quarenta pessoas foram presas, inclusive o João Piupiu e seu prisioneiro campeão. Os pássaros foram levados para avaliação de um veterinário da corporação e os que estavam em boas condições foram alforriados em um fragmento florestal da cidade. Já os que estavam doentes foram conduzidos para um criador credenciado para serem tratados e, posteriormente, soltos pela Policia Florestal.

O papa-capim de João Piupiu foi devolvido ao seu habitat. Encheu os pulmões e gritou por sua amada até encontrá-la. Voaram livres e felizes até seu ninho de amor. O pai, finalmente, conheceu sua prole.

Agora, os que aprisionaram é que vivem em uma gaiola lotada onde recebem água e comida por uma portinha e, às vezes, um banho de sol.

É comum o ex-prisioneiro ir até a janela da cela, cantar por alguns segundos olhando para o João Piupiu e logo voar livre pela cidade...

A lenda do mangue
da moça bonita

Quando eu era pequeno, minha Vovó me contava a lenda do Mangue da Moça Bonita. Ela dizia:

— Sabe, meu netinho, aqui no Estuário do rio Paraíba do Sul existe uma parte do manguezal que se chama "Mangue da Moça Bonita" — dizia aquela senhora com voz rouca, cheiro de vovozinha e sentada em sua cadeira de balanço.

Minha Vó Gilda contava que uma bela moça de cabelos longos e negros, pele bronzeada, lábios grossos, pernas fortes de tanto andar no mangue, filha de pescadores, gostava tanto desse ambiente que, um dia, resolveu passear sozinha e explorar novos locais daquele ambiente lamoso.

A menina não havia avisado nem chamado ninguém para lhe acompanhar. Andou na lama admirando as árvores, as flores, os passarinhos que cantavam e voavam, admirou os caranguejos e suas tocas construídas naquele ambiente, riu com as peripécias do Aratu, um tipo de caranguejo vermelho e preto que vive nas árvores...

A jovem foi entrando com dificuldade no manguezal, passando por aquelas raízes expostas e, às vezes, ficando um pouco presa na lama. Sem perceber, já estava muito longe e a maré de lua cheia começou a subir. Ela não ligou muito para esse fato.

Eu ficava de olhos arregalados e querendo saber o que iria acontecer com a menina; já o meu pai e a minha mãe conheciam a lenda do Mangue da Moça Bonita, mas mesmo assim sempre ficavam interessados na história quando Vó Gilda contava. A tensão tomava conta do ambiente...

Naquele dia, ela estava inspirada. A Vovó se arrumou na cadeira de balanço, deu uma golada no café para molhar as palavras, como ela dizia, pegou fôlego e continuou:

— A maré foi subindo, subindo e a menina só se deu conta quando a água já estava quase chegando aos seus joelhos. Então, ela decidiu voltar, mas como a água havia coberto o caminho, a moça ficou perdida entre as árvores, raízes e lama. Ela tentou andar rápido, mas não sabia para onde ir! O manguezal é muito fechado e somente os catadores de caranguejo experientes conseguem andar sem se perder por esse ambiente.

A coitada ficou muito nervosa, pois a maré subia rápido. Já estava em sua cintura, quando começou a gritar por socorro.

— Socorro! Socorro! Socorro! — gritava a bela moça já em desespero.

Ninguém ouviu seus gritos pedindo ajuda.

A família da menina percebeu que ela estava demorando e a maré subindo rapidamente. Então, seus familiares e vizinhos resolveram entrar no manguezal para procurá-la. Alguns foram de barco até onde era possível; outros entraram a pé em uma parte mais próxima à residência e um grupo foi pedir ajuda aos bombeiros.

O tempo foi passando e a água subindo. A procura ficava cada vez mais difícil. Todos estavam gritando o nome da menina e não conseguiam ouvir nenhuma resposta.

Eles não conseguiram encontrá-la e resolveram voltar lá quando a maré estivesse baixando, pois naquele momento era muito perigoso e impossível ficar no manguezal — contou a Vovó.

Eu fiquei tão impressionado que disse:

— Coitadinha dessa menina! O que aconteceu com ela? — perguntei a Vó Gilda enquanto meus pais nem piscavam querendo saber o desfecho da lenda.

Ela disse para termos calma, que já estava acabando e que iríamos saber o que aconteceu com a menina. Deu mais uma golada na xícara de café...

— Queridos, quando todos voltaram com a maré baixando, infelizmente encontraram a moça presa às raízes do manguezal com uma expressão de pavor e já sem vida. Ela havia se afogado — contou a Vovó.

Eu fiquei tão triste que algumas lágrimas saíram de meus olhos. Mamãe abraçou o papai e ficou com pena da pobre moça. Então, meu pai pediu para a Vovó contar o final da lenda.

— Mamãe, por gentileza, nos conte o que aconteceu depois!!!

— Ah, sim, foi tudo muito triste, mas a lenda diz que o espírito da "Moça Bonita" toma conta desse manguezal e, principalmente, dos caranguejos. Os catadores evitam caçar sozinhos nessa área, pois dizem ouvir o choro e o lamento da menina. Deve ser por esse motivo que os caranguejos de lá são os maiores da região. Poucos possuem coragem de se aventurar no "Mangue da Moça Bonita" — completou a Vovó.

— Ufa! Que lenda mais triste é essa! — disse o netinho.

O pai do jovem pescador foi logo tratando de tirar algum ensinamento da lenda:

— Filho, esta lenda nos mostra que devemos respeitar a natureza, mesmo quando estivermos apenas contemplando sua beleza. É preciso saber   até   onde   podemos   ir...

O Povo da Ilha
da Convivência

Naquele tempo, era comum os navios de vários países virem ao Brasil para levar algumas de nossas riquezas. Um desses navios, de bandeira holandesa, não completou sua missão e naufragou próximo à foz do rio Paraíba do Sul no Norte do Estado do Rio de Janeiro. Um local místico, segundo alguns moradores. Além de ser o ponto de encontro do rio com o mar, é também um portal para chegada e saída de extraterrestres, afirmam.

Os náufragos conseguiram chegar até o estuário e ocupar uma ilha chamada de Convivência.

— Vejam aquela ilha! O nome dela é Ilha da Convivência. Ali, já morou mais de duas mil pessoas. Dizem que os primeiros moradores chegaram por aqui há muitos e muitos anos, vindos de um navio holandês que naufragou por essas bandas — disse a professora aos seus alunos da Colégio Estadual José Francisco de Salles, que fica na cidade vizinha de Campos dos Goytacazes.

A professora descreveu os náufragos como louros, de olhos claros, pele branca queimada pelo sol. Completou dizendo que muitos descendentes desse povo vivem até hoje na colônia de pescadores de Atafona e em outras praias da região e carregam consigo essas características genéticas.

O Grupo parou na margem da foz e continuou ouvindo a explicação:

— Queridos, o povo da Ilha da Convivência não gostava de vir a Atafona e eram ótimos pescadores. Sabiam que, segundo a lenda, os casais desta ilha eram formados de um jeito bem diferente?

— Como assim? — perguntou a aluna Marta.

— Eles namoravam escondido e, em uma noite, o rapaz ia até a casa da namorada e a "roubava" e levava para morar com ele. Assim era o costume daquele povo, segundo a lenda da Ilha da Convivência. Com o passar do tempo, a ilha foi sendo erodida pela força do mar e do rio e quase acabou. Só restou aquela pequena parte. Então, os moradores tiveram que migrar para a praia de Atafona, na outra margem do rio Paraíba do Sul.

— Então, eram como os homens da caverna, fessora! — disse rindo o aluno Marcus Vinícius.

Todos riram e foram deixando a margem do rio e seguiram em direção à colônia de pescadores...

— Nossa! Professora, que lenda interessante! — disse André.

— Também acho, André! Agora, vamos até a colônia de pescadores. Quero que vocês observem as características genéticas dos moradores e depois façam uma redação sobre o que viram e ouviram na aula de hoje.

— Professora, tenho uma pergunta! — disse a aluna Roberta. — Será que eles, na verdade, são descendentes dos extraterrestres que utilizam esse portal?

— Isso mesmo! E utilizam a lenda para disfarçar a verdadeira identidade dos pioneiros — viajou o aluno Fábio.

— Será? — Ficou pensativa a mestra. — Coloquem suas ponderações na redação, meus queridos e queridas.

A Lenda do Ururau da Lapa: O Jacaré que era homem

— Amigos — disse Aran, o líder do acampamento —, chamei Nelielson, meu amigo pescador, para contar uma lenda do rio Paraíba do Sul, mas que muitas pessoas — pescadores ou não — acreditam ser verdadeira.

— Obaaaa!!!!! — disseram as crianças e adolescentes. — Mais uma lenda! — comemoraram.

O acampamento, organizado pela Igreja católica São João Paulo II, era em uma fazenda que fica às margens do rio Paraíba do Sul. Entre as atividades para o grupo de crianças e adolescentes estavam: passear por bosques de árvores nativas na mata ciliar, tirar leite de cabra, produzir queijos, pescar no rio, cuidar da horta, das galinhas e patos... Muitos animais silvestres eram avistados, como: capivaras, pássaros diversos, macacos, tatus, entre outros. Era possível, mas raro, encontrar jacarés à espreita pelo rio.

Antes de o convidado iniciar sua apresentação, todos se sentaram em volta da fogueira montada pelo grupo perto da margem do rio. Exatamente às 18h o Padre Pedro convocou os presentes para rezar um Pai Nosso e uma Ave Maria. Ao final, o Padre lembrou que foi um grupo de pescadores que encontrou a imagem da Virgem Maria neste mesmo rio na cidade paulista de Aparecida do Norte, por onde essas águas também passam antes de chegar aqui em Campos dos Goytacazes. O religioso agradeceu ao pescador Nelielson e passou a palavra para que ele fizesse sua exposição.

— Alguém conhece a lenda do Ururau da Lapa? — perguntou o pescador.

— Nãããooo!!! — todos responderam parecendo um coral.

— Por favor, conte-nos, Nelielson! Estou curioso para ouvir — disse Claudinho, um menino de catorze anos.

— Conta a lenda, que no ano de mil setecentos e noventa e seis, um jovem bem bonito, que era cortador de cana, estava namorando escondido a filha de um Coronel muito rico daqui de Campos dos Goytacazes. O pai da bela menina descobriu e mandou seus capangas espancarem o rapaz e jogar nas águas do nosso rio Paraíba do Sul. Assim eles fizeram! A moça acompanhou tudo até a beira do rio, no bairro da Lapa, próximo ao Convento onde viviam meninas órfãs acolhidas pelas Freiras.

— Nelielson — chamou Ana de quinze anos —, infelizmente nossa espécie é capaz de maltratar o planeta, escravizar irmãos e índios. Nada mais me assusta! Sei que são capazes de qualquer coisa, inclusive contra a própria espécie.

— Infelizmente, você está certa, minha pequena! — concordou o Nelielson. — Mas vamos conseguir reverter esse quadro, se Deus quiser!

Voltando à Lenda.

— Mas... E depois que o rapaz foi jogado no rio? — perguntou Fernanda, uma adolescente de dezesseis anos.

— Todos pensaram que ele estava morto. Até mesmo sua namorada. Mas o deus da água, indignado com tamanha violência, transformou o rapaz em um imenso Jacaré do Papo Amarelo chamado de Ururau da Lapa. Contudo, o amor pode mudar tudo! Então, louco de saudades de sua amada, toda noite de lua cheia, o Ururau da Lapa vinha sorrateiro até o Convento, pegava uma das meninas e levava para dentro do rio e nunca mais ela era vista.

— Que pena! — disse Sofia de treze anos. — Coitadinhas das meninas! E o que aconteceu?

— As Freiras ouviram dos meus ancestrais pescadores o motivo pelo qual o Ururau da Lapa estava pegando as meninas em noite de lua cheia. Desesperadas, procuraram o Coronel e explicaram o que estava acontecendo. O Coronel confessou sua maldade e disse que, como penitência, mandaria trazer de Portugal um sino todo de ouro para a igreja do Convento.

— Nossa! Que história! — disse o Yan de dezessete anos.

— Ele comprou o sino? — perguntou a Carol de doze anos.

— Sim — respondeu Nelielson. — Mas naquela época, o transporte era por barcos e, quando o sino foi chegando ao porto do Convento, o grande Jacaré destruiu a embarcação e tomou posse do objeto dourado, que não chegou ao seu destino, fato que impediu o Coronel de ser perdoado.

— E o que aconteceu? — perguntou o Heitor de onze anos esfregando as mãos de tanta curiosidade.

— Meu caro amiguinho — disse Nelielson —, alguns dizem que o sino caiu em cima do Ururau da Lapa e o aprisionou. Outros dizem que o grande Jacaré levou o sino e se transformou no guardião dele e, por isso, não veio apanhar mais as meninas no Convento. E ainda tem aqueles que dizem que o Ururau da Lapa vive em uma caverna dentro do rio e abaixo do Convento. Em noites de lua cheia, o sino é ouvido e ele sai à procura de uma jovem para levar com ele. Outras versões aparecem entre os moradores da cidade, mas essa última é a mais aceita. O fato é que todos conhecem a lenda e aqueles que se aventuram por essas bandas devem, pelo menos, ficar de olhos bem abertos, pois podem encontrar com o famoso Ururau da Lapa.

Aran parabenizou o Nelielson e disse que esta lenda lembrava a do João de Barro, que era um Índio que virou pássaro por amor. As pequenas acharam muito arrepiante. O João, de treze anos, que gostava de pescar com seu pai, pensou que agora ele deveria se preocupar com um grande jacaré do papo amarelo.

— Padre Pedro — disse a Gecilda de doze anos —, fiquei com medo de passear por esta parte do rio.

— Calma, minha pequena! — disse o Padre. — O Ururau da Lapa só aparece em noites de Lua cheia.

Naquele momento, um grande barulho de água foi ouvido, seguido do som de galhos quebrando. As crianças e adolescentes olharam para o céu estrelado e a grande bola branca brilhava em sua plenitude...

Uma Lata lá na Lagoa.

— Ei, gente! Vamos logo! — gritei para minha filha Fernanda. — Está muito quente e quero logo dar um tichibum no mar.

— Calma, papai! Já estou indo — respondeu minha pequenina de quatro anos.

Naquela manhã de verão, eu estava muito feliz por ser o final de semana com minha filha mais nova. Saímos de nossa casa, na praia de Grussaí, para ir tomar banho de mar. Minha filha pediu para pegarmos o caminho que margeia a lagoa que leva o mesmo nome da praia:

— Papai, podemos ir pela beira da lagoa? Quero ver os peixinhos!

— Tudo bem, meu amor! Vamos pela lagoa!

Aproveitei para mostrar algumas interferências do bicho homem naquele ecossistema.

— Olhe! Ali há uns peixinhos coloridos, Fefe.

— São bem fofinhos, papai!

Seguimos caminho, mas logo à frente tivemos que desviar de uns entulhos que foram jogados na margem. Dei uma topada em um pedaço de tijolo e Fefe riu e perguntou:

— Papai, por que jogaram essas coisas aqui?

— Minha bebê, são pessoas que não respeitam o meio ambiente.

O caminho nos apresentou algumas flores bem bonitas das espécies de restinga, como: pitangas, cactos e aroeiras... Entretanto sentimos um cheiro ruim e logo percebemos que algumas casas construídas perto das margens jogavam seus esgotos diretamente na lagoa. Fernanda reclamou e tive que explicar a ela que esse era o motivo pelo qual, infelizmente, não devemos tomar banho na lagoa.

— Olha! Papai, quanto saco de lixo! — reparou a pequena.

— Uma pena não é, meu amor! Esse lixo todo acaba dentro da lagoa e os peixes, siris, lontras e outros animais acabam comendo e morrendo por causa disso. O caminhão que recolhe o lixo passa todos os dias, mas alguns ignorantes jogam aqui na lagoa.

— Coitadinhos dos peixinhos coloridos! Não quero que eles morram, papai!

— É por isso que precisamos cuidar do meio ambiente e convidar as outras pessoas para cuidar do nosso planeta, Fernanda.

— Isso mesmo, papito! Vamos cuidar dos peixinhos coloridos "eeeehhhh"! — disse Fernanda rindo.

Já estávamos quase chegando ao mar e à nossa frente seguia um grupo com três homens que bebiam cerveja em latinhas. Um deles jogou a lata na beira da lagoa e Fernanda disparou:

— Nossa! Papai, aquele homem jogou a latinha na beira da lagoa! Que mal educado! Nunca vou fazer isso! Cruz credo!

O meliante ouviu, virou-se e retornou em nossa direção. Fiquei apreensivo, pois se ele reclamasse com minha filha, literalmente, "o bicho ia pegar".

O cidadão caminhou lentamente nos olhando. Seguimos andando normalmente. Minha pequena nem percebeu a situação. Olhei para os amigos dele e a cara deles não era nada amistosa. Pensei: "Caramba! Estou em desvantagem e com minha filha. Nem tenho como brigar com esses caras."

— Papai, estamos quase chegando! Está muito quente! Quero logo me molhar no mar! — E riu minha queridinha inocente.

— Vamos fazer uma grande farra, meu amor! — disse para disfarçar minha apreensão com a chegada, cada vez mais perto, do meliante jogador de lixo na lagoa.

O cidadão chegou primeiro onde estava a lata, abaixou, pegou o apetrecho e veio em nossa direção.

Olhei feio para ele como quem diz: "nem se atreva".

Ele parou em minha frente, olhou para Fernanda e disparou:

— Minha querida, quero lhe pedir desculpas e prometo que o tio nunca mais fará isso em lugar nenhum!

Dia de Sol

Viva a beleza de um dia ensolarado;
O frescor da água salgada e...
A   liberdade   com   a   Natureza.

Pescaria

— O Senhor pode me dar um peixe? — disse o pedinte.

— Não! — respondeu o Senhor que completou: — Está com fome?

— Sim! — disse o pedinte.

— Vá pescar! — ordenou o Senhor.

— Não sei pescar! — respondeu o pedinte.

— Aprenda! — disse o Senhor.

— Não tenho vara! — disse o pedinte.

— Tome a vara! — o Senhor presenteou o pedinte.

— Não sei usar a vara! — retrucou o pedinte.

— Aprenda! — sugeriu o Senhor.

— Aprendi, pesquei e comi — disse o novo pescador.

— Parabéns! Agora vá e ensine! — disse o Senhor.

— Obrigado! Agradeceu o pescador.

O Amor que virou Boto
Cor de Rosa

Lá pelas bandas do encontro do rio Amazonas com o mar, morava um pescador chamado Pedro.

Um rapaz bem afeiçoado, vinte e oito anos, corpo esguio queimado de Sol devido à sua atividade, olhos verdes e cabelo enrolado.

Sua área de pesca variava do oceano de água salgada ao oceano de água doce. Era uma fartura de pescado de todo tipo: peixes, camarões, caranguejos...

Os negócios iam tão bem, que ele resolveu que naquele ano se casaria, pois seu casebre agora era uma residência digna com luz, água encanada, banheiro com chuveiro quente, cama grande, motocicleta...

Entretanto, uma maré de azar acometeu o pobre pescador. De uma hora para outra, Pedro não conseguia pescar nada e foi perdendo tudo o que havia conquistado.

E o pior é que todos os seus amigos estavam indo bem com as pescarias. O problema era com ele.

O Paulo comprou uma motocicleta zero, o João casou-se com a bela Mariinha e o Zé vivia esbanjando no forró da Vila.

Pedro tentava no mar e nada. Jogava suas redes na imensidão do rio Amazonas e nada. O espinhel, com mais de duzentos anzóis, era recolhido com todas as iscas intactas...

O pescador não conseguia peixes nem para comer, quanto mais para vender.

Os dias se passaram e a coisa só piorava. Pedro já estava com vergonha de ser ajudado por seus amigos.

O bravo pescador não desistia. Acordava às quatro horas da manhã e às quatro e meia já estava com seus apetrechos na água do mar ou do rio. Seguiu assim por dias a fio...

Jogava sua rede, espinhel, puçás e gaiolas para tentar pegar peixes, camarões, siris... E ao fim do dia, NADA.

Numa bela madrugada, após colocar seu armamento na água, o rapaz cansado de sua sorte e, em um momento de desespero, se jogou nas águas exatamente no encontro do rio Amazonas com o Oceano.

Pedro nadou sem destino e se deixou levar pela correnteza...

Quando os primeiros raios de Sol refletiram na água, sua mente já não sabia mais o que estava acontecendo. Sua história estava fadada ao fim e o rapaz foi afundando lentamente.

Na descida, num relance de lucidez, ainda teve tempo de enxergar a mais bela mulher que já havia visto. Pensou ser a Mãe da Água que veio lhe pegar para fazer sua transição para o mundo dos mortos.

A bela criatura chegou perto do rapaz e o segurou com carinho. Como as forças haviam abandonado aquele corpo, ele não esboçou reação alguma.

Foi levado para uma ilha deserta e lá deixado. Antes de sair, ela disse ao seu ouvido:

— Vá! Sempre jogue suas redes perto desta ilha e seus espinhéis a um quilômetro para dentro do rio. Mas... Não esqueça: toda Lua cheia, venha até aqui e passe a noite ouvindo as canções! Não conte a ninguém. Será o nosso segredo!

O rapaz foi encontrado pelo amigo Zé que passava por ali e o avistou caído na praia.

Ao chegar a casa, foi cuidado pelos amigos e, no dia seguinte, foi até a beira do rio e passou a manhã inteira na sombra pensando no que havia acontecido:

"Acho que foi alucinação, mas pode ter sido a Mãe da Água, Iemanjá ou até mesmo uma assombração..."

Mesmo cheio de dúvidas, Pedro não tinha outra escolha e resolveu seguir as instruções que achou que tinha ouvido.

Foi para sua casa, arrumou as tralhas de pesca que os amigos haviam recolhido, cuidou do barco na beira do rio, enfim, deixou tudo pronto para o dia seguinte.

Como de costume, acordou às quatro horas da manhã e foi para seu barco. Uma leve desconfiança o fez pensar em mudar o local de pesca sugerido pela criatura. Chegou a seguir para o lado contrário, mas seu coração o convenceu de ir jogar suas redes perto da ilha e o espinhel nos locais sugeridos.

Material na água, Pedro se perdeu em seus pensamentos. Lembrou do dia anterior e ficou pensando em tudo aquilo. Chegou à seguinte conclusão:

"É... hoje é o meu último dia como pescador. Amanhã, irei tentar um emprego como ajudante de pedreiro nas obras da cidade ou de ajudante no estaleiro do pai do Tiago. O que eu não posso é insistir com uma coisa que não está mais dando certo e pode me levar à loucura..."

A manhã estava em sua parte final, quando o rapaz decidiu tirar seu material da água. Iria procurar emprego ainda naquele dia.

Foi até sua rede, que deveria ser retirada somente ao fim da tarde, e começou a recolher. Sentiu um grande peso e pensou:

"Caramba! Mais essa! Devo ter pescado um grande tronco de árvore. Se a rede vier muito rasgada, nem levo para consertar. Deixo aqui mesmo, pois não vou precisar mais dela."

O pescador fez um grande esforço e sentiu algo diferente. A rede estava tremendo muito à medida que ele puxava. O rapaz foi ficando empolgado e puxava com toda sua força. A aflição só aumentava. Sua respiração era ofegante, o suor lhe banhava o rosto e todo o corpo...

— É peixe! É peixe! É peixe! — gritava o emocionado Pedro. — Milagre! Milagre! Obrigado, meu Deus!!!

Pedro ficou surpreso com o tamanho dos peixes e a quantidade. Nunca havia pescado tantos peixes assim de uma só vez. Com muita dificuldade, conseguiu embarcar tudo e ficou sem espaço no barco. Lembrou do espinhel, mas preferiu ir até o cais descarregar o pescado, pois não conseguia nem se mover dentro de sua modesta embarcação.

Ao chegar ao ancoradouro, todos que estavam por ali ficaram impressionados com a quantidade de peixes trazida pelo rapaz. Ele disse ao atravessador que ainda teria que voltar para recolher seu espinhel e que ele deveria retirar logo os peixes do barco para que pudesse voltar ao local de seu espinhel. Deixou para acertar as contas quando retornasse.

Pedro voltou feliz. No caminho, foi pensando que mesmo se não tivesse nada no espinhel, o dia já estava garantido.

Chegou ao local após uma hora e começou a recolher seu material.

Nos primeiros treze anzóis, nada de peixe. Mesmo assim ele estava feliz! No entanto nos cento e oitenta e sete anzóis seguintes, nenhum deixou de ter peixe grande. Nova festa no barco de Pedro, que ficou quase todo cheio novamente.

A cada peixe retirado da água, Pedro agradecia a Deus. Começou a lembrar do que a criatura havia falado para ele e pensou:

"Pode ter sido um milagre ou mesmo sorte. Nada tem a ver com aquilo de ontem."

Recolheu tudo e foi para o ancoradouro. Os amigos já haviam chegado de suas pescarias e não acreditaram no que estavam vendo. Todos comemoraram o que seria a virada de Pedro.

O Rapaz acertou com o atravessador, agradeceu aos amigos e foi para sua casa organizar seus pensamentos e decidir o que faria de sua vida.

Chegou à conclusão de que deveria tentar mais alguns dias.

Ser pescador era o que ele sabia fazer, sua profissão desde criança. Havia aprendido tudo com seu pai e deixar, assim de uma hora para outra, seria muito doloroso.

A fartura era diária! Uns dias mais, outros menos, mas nunca mais o rapaz voltou com o barco vazio. Sempre pescando nos locais indicados pela criatura. Até que chegou a noite de lua cheia...

Pedro ficou apreensivo, pois sabia que deveria seguir para a ilha, conforme havia sido orientado.

Arrumou seu barco e foi até lá. Chegou já era noite, acendeu uma fogueira e ficou olhando o reflexo da lua cheia na água e lembrando de tudo que estava acontecendo com ele.

O sono veio e Pedro se preparava para passar a noite ali, quando começou a ouvir a mais bela canção. Nunca havia ouvido nada igual. A voz parecia aveludada, o som entrava em sua cabeça e o entorpecia. O rapaz estava literalmente encantado.

Passou horas ouvindo. Queria saber de onde vinha, quem estava cantando, o que era aquilo, mas não tinha forças para andar, falar ou mesmo gritar. Após muito tempo, adormeceu.

Na manhã seguinte, acordou com os raios de Sol acariciando-lhe o rosto. Pensou ser a responsável pela canção da noite anterior, mas não havia ninguém por ali.

Levantou muito feliz e retornou à sua casa. Naquele dia, não pescou e teve a certeza de que algo diferente estava acontecendo em sua vida e que ele não tinha o direito de mudar.

O tempo passou e após três meses da rotina de pesca e noite de lua cheia na ilha, Pedro decidiu que queria saber quem cantava para ele.

Naquela noite, ele iria pedir para que ela aparecesse. Assim o fez. O rapaz chegou à ilha, fez a fogueira e ficou bem na margem.

Quando a canção começou a ser entoada, ele pediu para que ela viesse até ele:

— Por favor, venha até aqui! Preciso saber quem ou o que você é!

Depois de muito insistir, a lua ilumina a mais bela mulher que chega à praia e fica com uma parte dentro da água.

— Então é você? Lembro-me de seu rosto. Foi você quem me salvou naquele dia — disse Pedro com os olhos brilhando.

— Sim! Sou eu mesma! — disse ela com a voz linda e encantadora.

Conversaram por horas. Ele na beira do rio e ela dentro da água.

A partir daquela noite, eles ficavam conversando e ela cantando em todas as noites de lua cheia.

Não demorou muito e as duas criaturas se apaixonaram. Pedro descobriu que sua amada era de fato uma linda sereia.

Numa bela noite, ela saiu da água e foi até seu amado. Disse que não poderia ficar por muito tempo como totalmente humana, apenas algumas horas.

Passaram aquela e tantas outras noites de lua cheia juntos. O Amor entre os dois só crescia. Eram muito felizes em seus encontros mensais.

Pedro falava sobre as coisas dos humanos e ela, sobre as coisas do oceano...

Com o passar do tempo, Pedro queria ficar mais dias com sua amada. Ela explicou que não poderia, pois se o encontrasse em noites que não eram de lua cheia, algo muito ruim poderia acontecer.

— Pedro, tenho a mesma vontade, mas existe um encanto e se ele for quebrado, não sei o que pode acontecer. Mas sei que será muito ruim! — explicou a sereia.

Com o passar do tempo, o amor entre o pescador e a sereia aumentava. Até que ela cedeu.

Começaram a se encontrar mais noites, fora da lua cheia.

E foi então que a sereia engravidou. Ela e Pedro notaram a mudança em seu corpo e chegaram a comemorar. A sereia carregava em seu ventre o fruto do amor entre as duas criaturas.

Com o passar dos meses, sua barriga foi aumentando e ela ficou apreensiva, pois havia lembrado da quebra do encanto.

Após dez meses, chegou a hora do parto. A sereia começou a sentir as contrações em uma noite de lua cheia na praia com seu amado.

Foi então que nasceu a mais bela criatura. O pai recebeu em suas mãos e não acreditou no que estava segurando...

— Minha querida, ele é... — E não conseguiu mais falar e ficou ali perplexo com o recém-nascido em suas mãos.

— Sim, meu amor! — disse a sereia. — O nosso filho é um Boto cor-de-rosa encantado.

— Mas como? — perguntou Pedro.

— Lembra que eu te falei que era arriscado nos encontrarmos em noites que não eram de lua cheia? Pois bem, essa foi uma parte da punição por quebrarmos as regras em nome do nosso amor.

— E agora? O que faremos? — perguntou o aflito pai com seu Boto cor-de-rosa nos braços.

— Primeiro, coloque nosso filho na água! — disse a sereia com lágrimas nos olhos.

Pedro prontamente atendeu a sua amada e, com carinho, colocou seu filho na água.

A sereia explicou ao amor de sua vida que eles não poderiam mais se encontrar. Era a outra parte da punição por terem quebrado o encanto.

Ela teria que se dedicar a cuidar do filho. Os dois se abraçaram, choraram muito e fizeram juras de amor eterno.

A sereia saiu da praia com o Boto cor-de-rosa e Pedro, mais uma vez, não estava acreditando no que havia acontecido...

Os meses se passaram e, em todas as noites de lua cheia, Pedro seguia para a ilha e ouvia as canções entoadas por sua amada, mas nunca mais se encontraram.

Ele seguiu sua vida de pescador. Nunca mais passou aperto algum, pois pescava no mesmo local indicado por sua amada na noite que se conheceram.

A sereia cuidava do filho de ambos e notou que o Boto cor-de-rosa tinha alguma coisa de diferente.

Nas noites de lua cheia e de festas no povoado, o filhote parecia querer sair da água.

O tempo passou...

O animal cresceu e ficou adulto, decidiu que era hora de viver sua vida sozinho. A sereia passou por mais uma grande despedida. Desta vez, era a hora de deixar seu filho.

O boto se despediu e saiu saltitante e nunca mais foi visto por sua mãe e seu pai.

O boto era mesmo encantado. Em uma noite de festa junina e lua cheia, ele foi até a margem do rio, bem próximo de onde acontecia a festa e saltou para fora da água.

Neste exato momento, se transformou em um belo rapaz, bem parecido com seu pai. Sua roupa era toda branca, inclusive sapatos e o chapéu.

O ornamento na cabeça era para esconder a narina de boto, pois a transformação não era completa. O rapaz trazia um furo no centro da cabeça e um nariz bem grande também.

Chegou à festa e se comportou como todos os rapazes. No entanto atraía os olhares das mulheres e dos homens ciumentos. Bebeu bastante, dançou com muitas moças e senhoras.

Estava especialmente galanteador, quando chamou para uma conversa mais reservada uma bela jovem que estava solteira na festa.

A jovem ficou encantada com o rapaz e aceitou ir com ele até a beira do rio. Após namorarem bastante, ele a chamou para um mergulho. A bela mulher aceitou e, naquele momento, foi engravidada pelo boto cor-de-rosa.

E assim começou a aparecer muitas moças grávidas após noite de lua cheia e de festas regionais.

A notícia se espalhou e todos diziam que as crianças das meninas, que eram mães solteiras, eram filhas do boto encantado.

Toda vez que um rapaz diferente chega de chapéu em qualquer festa da região, os homens logo pedem para retirar o chapéu, a fim de conferir se não é o danado do boto encantado vestido de homem.

O Pedro segue sua saga pescando e ouvindo o canto da sereia nas noites de lua cheia. A sereia segue protegendo seu amado a distância.

E o boto segue nadando, saltando e encantando...

Negra Sereia

Quando cheguei à praia, encontrei, deitada na areia, uma linda mulher negra. Estava de bruços sob o sol escaldante de verão. Pensei rapidamente que só poderia ser uma sereia.

Montei minha barraca e sentei para contemplar aquela bela criatura. Após trinta minutos, vira-se e passa a deixar o Sol lhe tocar o rosto, a barriga...

No meu devaneio, tive a certeza de que se tratava de uma sereia disfarçada de mulher que veio encantar pescadores, banhistas e até outras mulheres, pois todos que passavam contemplavam sua beleza, fosse de forma direta ou indireta.

Mais trinta minutos e aquela criatura levanta e desfila em direção ao mar. O conjunto era perfeito! Gostoso de admirar e, literalmente, encantador.

Foi quando pensei: "agora ela vai virar sereia, saltar mostrando sua linda cauda negra e sumir por este oceano afora."

Para minha surpresa, não foi o que aconteceu. Banhou-se com jeito meigo. Parecia uma menina brincando com o mar. A água salgada envolvia seu corpo, que mergulhava de forma deslumbrante.

Quando cansou do banho, retornou para sua canga, desfilando novamente de forma encantadora. Era nítido que estava com frio, denunciado por seus pelos arrepiados e...

Não tinha mais dúvidas! Era mesmo uma sereia que se passava por uma linda mulher.

Tamanha foi minha decepção quando ela arrumou suas coisas, mas pensei: "vai voltar e se jogar no mar. Como em um passe de desencanto, mergulhará e voltará a ser sereia. A mais bela negra sereia já vista! Sairá saltitando, furando as ondas com seu charme, canto e encanto."

Para minha surpresa, ela apanha sua canga e envolve aquele belo corpo. Agora sim, estava parecendo possuir uma bela cauda. Mas não foi em direção ao mar, e sim para o lado contrário.

— Ei, sereia, sua casa é para lá — disse apontando para o oceano. — Foi o que deu para falar quando ela passou por mim. Tenho certeza de que estava encantado.

A sereia riu, piscou e, no dia seguinte, estávamos no mesmo local e hora. Só que desta vez, mergulhamos juntos no oceano...

A Lagartixa Heroína

Aquela minúscula assassina estava à espreita...

Seus sentidos aguçados lhe davam sinais de que a vítima estava vulnerável.

A pobre vítima, um alvo fácil, sem perceber que era observada, sentou-se, relaxou e adormeceu.

Foi então que a assassina se preparou para o ataque. Quando decidiu alçar voo, rumo à pequena criança que dormia de forma angelical, eis que surge a Heroína.

A Dona Lagartixa deu um bote e vorazmente devorou aquela fêmea de mosquito da dengue, Zica vírus e Chikungunya.

A criança, que seria atacada pela minúscula assassina, dormiu tranquilamente, sendo protegida pelo réptil gelado da parede.

Salvem a Lagartixa Heroína!!!

O Menino das Palafitas

Saiu correndo por entre os barracos, se jogou de cabeça no rio e não se molhou...

Será que flutuou na ilha de plástico ou teria o rio secado?

Divórcio

O bicho homem está se divorciando da Mãe Natureza.
Não terá como pagar nem receber pensão!

Nas Árvores que Plantei

Os Bem-te-vis conversam alegremente.

O casal de Beija-flor, carinhosamente, prepara novas vidas.

O Canário canta alegremente para sua amada e fazem amor, sem pudor algum, ali na minha frente.

Os Pardais fazem uma grande bagunça regada à gritaria.

Os outros comem, cantam e bailam no ar.

E   eu,   emocionado,   sou   o   presenteado.

Botão Vermelho

Acionou o botão vermelho.
Pronto, o míssil atômico foi disparado...
Acertou   seu   pé.

Exemplo do filho
mais novo

O pai chegou e logo montou a barraca, abriu uma cerveja e se refrescou. A lata e o lacre foram arremessados na areia.

A mãe, muito cuidadosa com seus filhos, tirou da bolsa umas maçãs e iogurte, serviu ao casal de filhos e comeu. No entanto a sacola transparente foi jogada ao vento e passou a surfar nas águas cristalinas do oceano.

A filha, uma bela moça de dezessete anos, muito educada por sinal, abriu uma garrafa de água mineral, saciou sua sede, molhou o rosto com o resto e, seguindo o exemplo de seu pai, jogou a garrafa e a tampa na areia daquela praia exuberante.

O irmão mais novo de apenas onze anos observou tudo aquilo e, lembrando da aula de ciências, pegou uma sacola, colocou a lata e o lacre. Olhou para o pai. Apanhou a garrafa e a tampa e olhou para sua irmã, mas infelizmente não conseguiu salvar a tartaruga que comeu o saco surfista.

A mãe ficou com o rosto corado e não foi por causa do Sol. O pai disfarçou e colocou a segunda latinha vazia na sacola do filho. A irmã devolveu o coco vazio para o vendedor.

Mas, infelizmente, a tartaruga o menino não salvou.

O trágico caminho
da embalagem
de biscoito

A bela Cássia, no auge de seus catorze anos, era muito educada no trato com as pessoas. Gostava e tratava bem os animais, principalmente os gatos. Era dona de um bichano chamado Lorde.

Em uma tarde de primavera, Cássia passeava com seu felino pelas margens do Rio Paraíba do Sul, curtia a brisa e o visual daquele lugar. Ouvia o confronto da água com as rochas, os peixes saltando lhe chamavam a atenção, assim como o balé das copas das árvores regido pelo vento.

A menina decidiu fazer um lanche ali mesmo. Apanhou um saco transparente de biscoitos e uma pequena garrafa térmica com suco de uva. Saboreou a guloseima contemplando aquele paraíso que agora estava completo, pois os Canários e Sabiás resolveram lhe presentear com uma sinfonia.

Quando terminou sua refeição, procurou uma lixeira e, como não encontrou, aquela menina tão educada arremessou o plástico no chão.

Lorde chegou a se assustar com aquele lixo caindo ao seu lado. Nunca esperou uma atitude desta de sua melhor amiga.

O vento que acariciava as flores das árvores acabou levando aquele lixo para dentro do rio. Somente após acompanhar o mergulho da embalagem, a menina percebeu o que havia feito. Já era tarde demais.

O saco vazio de biscoitos começou sua grande jornada...

II

Foi arremessado contra as rochas, chegou a ficar encalhado em uma moita de capim na beira do rio, até que um pequeno peixe o mordeu pensando ser um petisco. A mordida trouxe a embalagem de volta ao seu trágico passeio.

No caminho, passou por um local onde havia uma grande tubulação que vomitava esgoto constantemente. Foi exatamente na hora de uma golfada do líquido fétido que a embalagem passou por aquele lugar. Sim, isso mesmo, ficou impregnada com o cheiro da mistura de fezes e xixi.

Mas seguiu ao sabor da correnteza, que a levaria a mais uma experiência. Desta vez, foi sugada pelo sistema de tratamento de água que abastece a cidade de São João da Barra. Era sua chance de ser retirada do rio e ganhar um destino correto: a reciclagem. Todavia seu destino foi novamente o rio Paraíba do Sul. Após ser barrada no sistema de filtração do tratamento de água, infelizmente, foi devolvida ao rio para continuar sua saga.

Seguiu rio abaixo. Seu destino era, naquele momento, imprevisível até que...

III

... Ficou presa a uma rede de pesca.

Agora sim, ganhara nova chance de ser retirada do rio e seguir para a reciclagem.

Todavia o pescador recolheu a rede, retirou os peixes, e com eles toda sujeira que havia pescado. A curiosidade ficou por conta de ter pescado mais lixo do que peixes. O barco ficou repleto de sacolas, garrafas plásticas, fraldas e absorventes, tampinhas, latinhas...

Os peixes foram separados e colocados em um recipiente com gelo. Uma parte seria vendida e a outra serviria de alimento para sua família. Já o lixo pescado voltou imediatamente para o leito do rio.

IV

A embalagem de biscoito voltou para a correnteza, até que aportou no manguezal que fica no encontro do rio Paraíba do Sul com o Oceano Atlântico, lá pelas bandas do interior do Rio de Janeiro, em uma cidade chamada São João da Barra. Ali, um siri chamado Sirileck ficou preso por dois dias dentro da embalagem viajante. Sua sorte foi que um amigo percebeu sua aflição e o ajudou a rasgar uma parte da embalagem e o salvou.

Com a maré cheia, a embalagem seguiu para o oceano, passou pela barra que divide o mar e o rio e se banhou na água salgada, mas desta vez sua sorte parecia ter mudado. Foi devorada por um Golfinho e juntou-se a tantos outros resíduos no ventre daquele belo animal.

Em poucos dias, o pobre animal morreu de fome, pois seu estômago estava cheio de lixo que não era digerido. O corpo sem vida passou a boiar ao sabor da maré e aportou na praia, levado pelas ondas.

Os urubus fizeram uma grande festa com aquela refeição. Veio uma onda e levou todo o resíduo que havia dentro do Golfinho. A causa de sua morte agora estava livre para fazer novas vítimas, inclusive a embalagem de biscoitos da bela e educada Cássia.

Uma onda que não
é só do mar

Uma onda se esparrama na areia da praia e vai até onde suas forças conseguem levá-la. Mas uma parte se perde infiltrando na areia, outra parte evapora, e tem a parte que na forma de gotículas é carregada no colo do vento por quilômetros.

Não importa se a maré está cheia ou na vazante. Não importa se é maré de Lua cheia ou minguante...

Nunca mais aquela onda será a mesma, nunca mais o oceano será o mesmo e nem a praia será a mesma.

E quando você for à praia observar o movimento das ondas, nem você será o mesmo.

Mas uma coisa é certa: as ondas nunca param!

Ecossistema Urbano

— Mas como assim, professora? -— perguntou Kézia, uma aluna do segundo ano do ensino médio. — Pensei que ecossistema fosse apenas a Mata Atlântica, o rio, o mar, um manguezal, a restinga... Nunca imaginei ou percebi a cidade como um ecossistema.

— Pois bem, minha querida — iniciou a explicação a professora Paula. — A cidade, seja de que tamanho for, é um ecossistema muito importante para todos os seres vivos que nele vivem.

— Huuuummm!!! Agora sim! Pensando melhor no conceito de ecossistema que a Senhora nos ensinou, começo a entender — disse Kézia.

— E o que você se lembra desse conceito, Kézia? — perguntou a professora Paula.

— Acho que é o seguinte: é um recorte geográfico onde ocorre a interação dos seres vivos (fatores bióticos) com as coisas que não possuem vida, mas que permitem a existência dos seres vivos naquele ambiente — respondeu a aluna.

— Muito bom! — disse a professora Paula, que emendou uma pergunta: — Quem pode citar alguns fatores abióticos que estão presentes aqui na cidade?

Os alunos começaram a participar da aula. Todos ficaram empolgados, inclusive a professora.

Laureane disse que o ar que respiramos é um fator abiótico. Douglas falou da energia solar que nos aquece e permite aos vegetais produzir seu próprio alimento através da fotossíntese. Geilson lembrou da água, fundamental para a sobrevivência de todos os seres vivos. Estefany levantou a mão e disse que o solo também é um fator abiótico importante, pois o ocupamos com nossas casas, escolas, plantações e outras formas de uso. Clícia complementou a questão do solo, citando os nutrientes que são absorvidos pelos vegetais junto com a água...

— Olha, estou orgulhosa de vocês! — disse a professora. — Agora, para fechar com chave de ouro, vai outra pergunta: quais são os fatores bióticos presentes aqui na cidade?

Os alunos começaram a falar ao mesmo tempo. Paula pediu silêncio. Todos teriam a oportunidade de falar, mas um de cada vez. Era só levantar a mão para ter sua oportunidade explicou.

Assim foi feito e Bruno foi o primeiro a levantar a mão. Disse que os peixes do rio que corta a cidade estão entre os fatores bióticos. Ana Paula lembrou das lagartixas e complementou que tinha muito medo daquelas coisas geladas que moram na parede. Todos riram da expressão da menina. E tem os insetos, como: mosquitos, moscas e outros que podem nos trazer doenças disse Daniele. Matheus lembrou dos urubus e disse que eles, ao comerem as carniças, prestam um importante serviço ao nosso ecossistema urbano. Marta falou das árvores e reclamou de ter poucas áreas verdes na cidade e completou dizendo que todos deveriam ter uma árvore em casa, pois dão frutas sombra, servem de abrigo para outros animais...

— Outro dia, vi um grupo de abelhas fazendo um ninho no poste. Fiquei com medo e falei com meu pai — relatou Pedrinho. — Ele disse que estavam ali e não na mata, porque o bicho homem está acabando com a casa delas para construir cidades e indústrias. Então, elas, assim como outros animais silvestres, não possuem alternativa a não ser invadir as cidades numa tentativa desesperada e inútil de coabitar com o bicho homem.

— Inclusive, em nossa cidade existem muitos pássaros silvestres. Meu pai tem um péssimo costume de estar sempre pegando alguns em seu alçapão. Tem Papa-capim, Canário e muitos outros — disse Fernanda com ar de reprovação em relação à atitude de seu pai.

— Fernanda, você pode orientar seu pai dizendo que todos os seres vivos devem ser livres e que essa atitude dele, além de tudo, é um crime ambiental. Ele pode ser preso e vai pagar uma multa pesada por cada animal silvestre que tiver sem licença dos órgãos ambientais — explicou a professora Paula.

— Nossa!!! — disse Fernanda espantada. — Hoje mesmo irei falar com meu pai. Obrigada, professora!

Com a conversa entre a Fernanda e a professora Paula, vários alunos disseram que a caça de pássaros na cidade é uma prática comum e que muitos deles também fazem e não sabiam que era crime.

— Pensem comigo! — disse a professora ao perceber que era praticamente uma tradição retirar os passarinhos do ambiente e aprisioná-los em gaiolas. — Quem aqui gostaria de ficar preso em um quarto, só recebendo comida, água e tendo um potinho para tomar banho?

Os alunos começaram a olhar uns para os outros. O silencio da reflexão tomou conta da sala de aula...

Quando um dos alunos tentou falar, Paula continuou:

— Você seria feliz sendo um prisioneiro sem culpa alguma? Sem deixá-los respirar, mandou outra. — Será que é bom ser livre, voar por onde bem entender, comer o que quiser, reproduzir livremente, cantar pelos quatro cantos da cidade e num dado momento de distração cair em uma armadilha e passar a ser um condenado inocente?

Nina ficou com lágrimas nos olhos pensando nas palavras da professora e com pena dos voantes. Paulo informou que soltaria, ainda naquele dia, seus Trinca-ferros, Sabiás e Curiós. E assim, cada um dos alunos foi dando seu depoimento sobre como faria com seus bichos.

Outros alunos que não possuíam pássaros em gaiola disseram que conversariam com seus pais e vizinhos. Foi quando Kézia teve uma brilhante ideia:

— Esperem um pouco!!! Que tal se fizermos uma campanha para conscientizarmos os alunos aqui da escola? Podemos explicar as consequências e pedir para que soltem e não prendam mais os pássaros silvestres.

— Ótima ideia! E se ampliarmos esta campanha para fora da escola? — sugeriu Paulo, que já estava determinado a soltar seus prisioneiros assim que chegasse a casa.

Paula assistia a tudo. Sentou-se e contemplou a empolgação dos alunos que estavam montando a campanha de conscientização interna e externa.

O sinal indicando o intervalo tocou, a Professora pediu um tempinho aos alunos e disse:

— Meus amados, posso ser uma voluntária no projeto de vocês?

— Mas é claro, professora Paula! Todos são bem-vindos! — disse Daniele.

O projeto saiu do papel, extrapolou os muros da escola e muitos prisioneiros ganharam sua merecida liberdade; e outros tantos puderam cantar livremente pelo ecossistema urbano sem saber o que é morar em uma minúscula prisão de bambu.

Assassinato
da Caranguejeira

Naquela tardinha de horário de verão, o relógio marcava dezoito horas e trinta minutos e o Sol ainda brilhava forte. Cheguei ao condomínio e o cheiro de fumaça era intenso. Vinha do terreno ao lado, onde havia uma vegetação que foi se desenvolvendo ao longo do tempo, depois que deixou de ser ali um canavial.

Cumprimentei algumas vizinhas que estavam com suas crianças brincando na rua e consegui entrar em casa com o objetivo de tomar um banho frio e descansar após um dia intenso de trabalho como técnico em Meio Ambiente da Universidade, mas ouvi alguns gritos de mulheres e crianças. Resolvi olhar pela janela e uma vizinha foi logo gritando:

— Uma aranha muito grande quase pulou na minha filha. Está ali ó — disse ela apontando para perto da lixeira.

Vesti uma roupa para sair e vi uma cena inusitada. Muitas crianças corriam de um lado para outro, mais mulheres apareciam de todos os lados e um vizinho ficou imobilizado em cima de sua moto olhando a aranha de longe.

— Ei, Sofia, feche sua janela! Ela vai entrar aí na sua casa. Foi para o seu lado! — gritou uma vizinha.

— Por favor, mate-a! — disse a vizinha mais exaltada. — Vai acabar atacando as crianças.

O vizinho continuava imobilizado no alto de sua motocicleta. No outro lado da rua, era possível ver outro vizinho que olhava, meio escondido, pela janela.

Peguei um chinelo, arma não muito apropriada para aquela missão. No entanto segui impulsionado pela gritaria que depois até me fez lembrar:

— Crucifica-o! Crucifica-o! Crucifica-o!

Fui em direção ao animal. A platéia ensandecida corria e gritava.

Sem avaliar outras possibilidades, desferi um golpe certeiro naquela peluda. A platéia aplaudiu, as crianças correram para perto e observaram o que sobrou do animal. Uma vizinha aplaudiu de sua janela.

Naquele minuto, fui acometido de um enorme arrependimento. Por que, eu, um técnico em Meio Ambiente, cometi aquele crime?

Poderia perfeitamente aprisionar o animal, soltá-lo em um local apropriado, entregar às autoridades competentes ou mesmo levar para a universidade.

Já era tarde, o crime estava consumado. Talvez pela pressão popular, não utilizei a razão naquela cena.

E para piorar a crise de consciência, quando passei pela vizinha que havia me gritado para cometer o crime, ela disse baixinho perto de mim:

— Que é isso? Um técnico em Meio Ambiente matar uma aranha caranguejeira!

Olhei para ela, preferi não responder. Entrei em casa, peguei uma pá e uma vassoura, recolhi o cadáver, que foi parar dentro da lixeira.

Antes de me recolher e continuar meu autoflagelo, pude ver as crianças abrindo a lixeira e chamando as outras pessoas para observar o cadáver peludo. O cara da moto finalmente saiu de cima dela e entrou em segurança na sua garagem. O outro, que observava tudo escondido de sua janela, saiu gritando, perguntando o que havia acontecido e por que não o chamaram para cometer o assassinato.

Consegui tomar um banho frio e ainda sonhei, naquela noite, que uma aranha gigante corria atrás de mim. As vizinhas e crianças gritavam incentivando a Dona Aranha:

— Pega! Pega! Come-o! Come-o! Ele é técnico em Meio Ambiente.

Ei, Gotinha!
Aonde você vai?

Era um dia cinza e ao mesmo tempo bonito. O céu parecia em festa com nuvens brancas e outras cinzas, raios cruzavam de um lado para o outro e trovões anunciavam a chuva.

Pois ela caiu e se esparramou pela Terra. Nela veio uma gotinha junto com tantas outras, mas esta tinha uma coisa especial: era sua primeira vez no chão.

Ah! Sim, esqueci de dizer como as gotinhas são formadas. Pois bem, as moléculas de água (H_2O) que evaporam de rios, oceanos, lagos e outros corpos hídricos e até dos animais e vegetais sobem e formam as gotas que se juntam para formar as nuvens. Daí ocorre a chuva. E foi assim que a nossa Gotinha nasceu.

A aventura da Gotinha começou quando ela bateu na terra, infiltrou e foi parar nos lençóis de águas subterrâneas. Ficou armazenada por lá um bom tempo, mas depois foi parar em um poço que era abastecido com água daquele lençol.

— Oba! Oba! Vou pegar água fresquinha no poço para tomar banho e lavar o Vira-lata — disse a pequena Maristela.

A menina apanhou alguns baldes de água, deu banho no cachorro e tomou um gostoso banho. No fim da festa, bebeu um pouco da água do poço e colocou um pote para o Sr. Vira-lata beber também. Nossa amiga Gotinha saiu do poço nesta última leva e foi parar dentro da Maristela.

— Hum! Que água boa e fresquinha né, Sr. Vira-lata? — O cachorro, como resposta, balançou o rabo após beber todo o líquido refrescante do pote.

A Gotinha ajudou hidratar a menina e percorreu um longo caminho até sair no Xixi. Após a descarga, a Gotinha foi parar no esgoto e ficou muito suja, pois estava junto com fezes, xixi, sabão, sabonete, óleos, areia, terra...

Seu destino agora era a Estação de Tratamento de Esgoto(ETE). Foi sua sorte! Algumas gotas vão sujas assim mesmo direto para os rios, córregos, lagoas e oceanos. Chegando à estação, a água foi tratada e ficou limpinha. Seu destino foi o rio.

Em sua primeira passagem por um rio, nossa amiga Gotinha passou por muitos animais, vegetais, rochas... Ao chegar perto de uma plantação de milho, foi sugada por uma bomba e jogada em um pé de milho que logo lhe absorveu pelas raízes. A Gotinha subiu por dentro daquele vegetal até chegar à espiga e foi parar em um caroço. Antes do dia da colheita, um passarinho faminto comeu o caroço da espiga onde estava a Gotinha.

O pássaro voava feliz, carregando nossa Gotinha por toda parte até que, dois dias depois de ter comido o milho com a Gotinha, o pássaro suou bastante e a Gotinha acabou sendo expelida e ficou vagando pelo ar até cair no oceano.

Desta vez ficou salgadinha. Durante seu passeio pelo oceano, foi absorvida por uma água-viva, que foi devorada por uma grande tartaruga de couro.

Com a tartaruga, a Gotinha conheceu todos os oceanos e os continentes, mas quando a tartaruga de couro deu um espirro, a Gotinha saiu e voltou para a água salgada. No entanto não demorou muito e logo evaporou voltando a formar nuvens.

As nuvens foram ficando bem carregadas com muitas gotinhas e veio a chuva. A Gotinha fez uma viagem diferente. Desta vez, participou de uma enxurrada que arrastou bastante barro das encostas, encheu as ruas que tiveram seus bueiros entupidos pela grande quantidade de lixo deixada pela população, invadiu carros, casas e até uma escola...

Mas não é que a Gotinha caiu no rio perto da casa de Maristela? Aí, foi conduzida até a Estação de Tratamento de Água(ETA) da cidade. Lá, passou por todo o processo para ficar bem limpinha. Passou em filtros e recebeu até flúor. Mandada para abastecer a cidade, junto com outras gotinhas, parou na residência da Maristela que, ao tomar um copo de água do filtro de barro, engoliu novamente a nossa Gotinha...

E as gotinhas que estão em você, por onde será que elas passaram?

No rio não pode nadar, pescar ou beber sua água

— Vovô Celiano, posso mergulhar no rio? Está muito calor! — perguntou Mirian, a netinha de doze anos que é bastante ligada às questões ambientais. — Está muito quente e só dando um mergulho para refrescar.

— Infelizmente não, minha querida! — respondeu o Vovô.

— Então... podemos pescar? Estou com fome! — disse Mirian.

— Infelizmente não, minha querida! — respondeu o Vô Celiano com semblante entristecido.

— E... beber a água do rio, posso? — perguntou a menina querendo interagir de alguma forma com o rio que desfilava ali na frente dos dois.

— A água desta parte do rio não pode ser consumida sem passar por tratamento, meu amor! — disse o Vovô.

— Já sei! Nem lavar roupa com a água do rio pode! — disse a menina indignada.

— Infelizmente não, minha criança! — respondeu o Vô que ficou pensativo até a próxima pedrada da menina curiosa que não tardou.

— Mas Vovô, por que não podemos fazer nada com a água do rio? — perguntou a menina quase chorando.

— Quando eu tinha a sua idade, fazíamos tudo isso com a água do nosso rio, mas espere um pouco — disse o Vovô fazendo um carinho em sua netinha. — Vamos dar um passeio que te respondo...

— Oba! Oba! Adoro passear! — comemorou a menina que ficou um pouco mais animada.

O Vovô arrumou uma mochila com lanches e alguns apetrechos que julgou necessários para sua aventura. Era bem cedo quando os dois entraram no carro e saíram da cidade. Após duas horas, chegaram a uma região de mata bem preservada.

Caminharam bastante, embrenharam-se na mata e, após uma hora, pararam para o Vovô Celiano fazer algumas considerações:

— Minha querida, andamos até aqui porque quero lhe mostrar onde nosso rio nasce.

— Ui! Estou cansada, Vovô! — disse Mirian bebendo um pouco de água. — Mas quero muito conhecer a nascente do rio.

O senhor segurou a mão de sua neta e a conduziu até uma pequena fenda esculpida na rocha. O local era cercado de árvores nativas. Algumas tão grandes que pareciam com prédios.

O chão era coberto de folhas, galhos, frutas e tudo mais que forma o solo de uma mata.

O cheiro de mato verde misturado com o odor de flores e frutos parecia entorpecer os visitantes.

Era possível ouvir a felicidade dos pássaros que cantavam e bailavam alegremente por todos os cantos da mata e do céu azul.

Frutas de todas as cores e sabores espalhavam-se pelo ambiente que mais parecia uma tela colorida pintada por uma grande artista — A Mãe Natureza.

A dupla de aventureiros percebeu um barulhinho bem baixinho de água. Chegaram perto e viram algumas gotas cansadas que saíam do meio da pedra e formavam uma poça cristalina e dali escorria um filete que se embrenhava mata adentro.

O Vô deixou sua netinha contemplar e entender o que estava acontecendo diante de seus olhos.

— Vovô, que água linda! Parece fresquinha e limpa — disse a menina que ficou encantada.

Você está certa, querida! — disse ele rindo.

Então posso beber? — perguntou Mirian achando que a resposta seria: "Infelizmente não, querida!"

Mas é claro que sim, minha querida! — respondeu o Vovô Celiano.

A pequena parecia não acreditar na resposta que ouviu do avô. A menina saiu apressada, encheu sua garrafinha e saboreou a água mais limpa e fresca que já havia provado.

Nossa! É uma delícia. Humm!

Eu sei, bebê! Você está saboreando a água da nascente do nosso rio.

Então...

Sim! É aqui que o rio nasce! — explicou o Vovô.

A menina, mesmo sendo muito novinha, ficou emocionada ao perceber onde estava. Quando se recompôs, disparou:

— Por que posso beber a água do rio aqui e perto da nossa casa não pode?

— Linda, esta água saí daqui limpa, forma um riacho e depois vira o rio. O problema é que ao chegar à região das fazendas, o rio recebe uma grande quantidade de sujeira vinda das plantações — explicou o avô.

— Que sujeira é essa Vovô? — perguntou a menina com o rostinho demonstrando preocupação.

— Olha, alguns fazendeiros jogam adubo e agrotóxico nas plantações. Quando esses produtos chegam ao rio, causam grande impacto ambiental.

— Mas como esses produtos chegam ao rio, Vovô?

— Quando chove, uma parte da água passa pela plantação e chega até o rio levando esses produtos químicos. Essa atividade é facilitada, pois a maior parte da mata ciliar foi derrubada e não pode impedir a poluição do rio.

— Entendi, Vovô! É uma pena! — disse a menina balançando a cabeça de forma negativa e tomando mais um gole de água limpa e fresca.

— O problema é ainda maior, minha criança!

— Como assim, Vovô? — perguntou a menina com os olhos arregalados.

Quando o rio chega à cidade, recebe mais sujeira.

— Na cidade também? — perguntou a menina assustada que logo emendou outra pergunta: — Que tipo de sujeira vem da cidade para o rio?

— Tem muitas coisas, como: lixo de todo tipo, esgoto que saí das casas direto para o rio sem tratamento, além de algumas fábricas que também jogam sua poluição direto no rio, sem tratar. Tudo isso prejudica o rio e os seres vivos que dependem dele, inclusive nós que somos os causadores da poluição.

— Vovô, agora sim entendi por que o senhor não me deixou beber a água do rio na cidade.

— Por isso estamos aqui, minha querida — explicou o avô. — Eu queria lhe mostrar esse lugar para você entender. Meu pai me trazia sempre aqui e, nessa época, podíamos beber água do rio lá na cidade também.

A menina ficou pensativa e imaginou que era preciso fazer alguma coisa para proteger o rio, caso contrário ele poderia morrer...

— Vovô, vamos falar com todos que jogam sujeira no rio para eles pararem com isso.

Vamos sim, meu amor! — concordou o senhor.

Oh! Vou pedir à minha mãe para fazer um canal no You Tube.

Ótima ideia, mocinha!

Vai se chamar: "Neta e Vô em defesa do rio."

Belo nome! — aprovou o sorridente Vovô Celiano.

O Vovô ficou um tempo pensando que, em toda sua vida, ele nada fez para preservar o rio. Agora, ao lado de sua netinha, terá a oportunidade de defender o rio que tanto lhe fez feliz.

— Querida, quando começamos? — perguntou o senhor esfregando as mãos parecendo bastante empolgado.

— Agora mesmo, Vovô! — disse a menina com os olhos brilhando de alegria.

Agora? Mas como? — perguntou o Vovô.

—Tome, Vovô! — disse a menina entregando ao senhor seu celular. — Vamos gravar o primeiro vídeo aqui mesmo. Vou falar com meus amiguinhos sobre a nascente do nosso rio e depois o senhor faz a mesma coisa para seus amiguinhos.

— Isso mesmo, meu amor! Vamos lutar em defesa do rio até podermos beber a água dele novamente! — disse o empolgado Vovô Celiano.

Com lágrimas nos olhos, ele começou a filmar sua netinha:

— Um, dois, três e... já!

— Amiguinhos, estou aqui na nascente do nosso rio com meu Avô. Precisamos   preservar...

Penetrou e Chupou
Todas Elas

Estavam todas lá! Cada uma mais perfumada e bela que a outra.

A Lourinha refletia a luz do Sol e parecia se abrir de felicidade.

A Rosa queria voar ao sabor do vento. Do seu meio exalava um odor inebriante, que lembrava o mais puro néctar.

A Roxinha! Ah! A Roxinha, tão pequenina e bela, no entanto, estava ansiosa para ser penetrada e chupada.

Eis que chega Ele:

Avalia todas como um lobo à espera do melhor momento para o ataque.

Contempla a beleza de cada uma de suas vítimas. Chega tão perto que pode sentir o odor que vem do meio delas.

Todas estão ali, paralisadas, despidas e vulneráveis. Mesmo assim, a produção daquele líquido se intensifica.

A qualquer momento Ele pode penetrá-las.

E, naquele descampado onde o vento acaricia a pele suave e nua das belas vítimas, o Astro-rei dá-lhes a vida.

Estão preparadas, já sabem o que vai acontecer. Todavia Ele faz questão de afastar-se para contemplar aquela cena maravilhosa e fazer sua escolha.

Quem vai ser a primeira que terá, dentro de si, aquela grande protuberância totalmente introduzida em seu meio?

Qual Delas será a primeira a ser chupada por aquele deflorador?

Após mais um breve período contemplando as beldades, Ele toma a decisão. A menorzinha foi a privilegiada.

A Roxinha não esboça reação alguma.

Ele a penetra rapidamente sem soltar um pio sequer.

Seu membro pontiagudo entra por inteiro na pequenina. O danado ainda chupou bastante a pobrezinha antes de se retirar totalmente de suas entranhas.

O insaciável saiu e foi escolher a próxima vítima.

Antes do segundo Ato...

Rondou as outras com aquele ar de superioridade, mostrando a Elas que Ele pode penetrá-las e chupá-las quando bem entender.

Observou! Sugou o ar bem perto das duas que restavam e novamente sentiu o odor que o atrai.

Então... Fez sua nova escolha.

Desta vez, foi mais agressivo, pois a Rosa era maior e poderia oferecer resistência à sua investida.

Com seu órgão em riste, invadiu com rispidez o meio da bela Rosa...

Como era mais profunda que a Roxinha, Ele a penetrava muito forte. Retirava seu órgão e introduzia novamente sem piedade e com bruscos movimentos frenéticos de vai e vem.

Seu vai e vem era tão intenso que tornava-se difícil de acompanhar.

A Rosa, por sua vez, reagiu àquela rispidez lhe oferecendo o seu mais puro, cheiroso e saboroso néctar produzido por seu órgão.

Ao perceber o estado da Rosa, Ele saboreou triunfante e chupou tudo.

Sem deixar uma gota sequer, saiu do meio dela e foi planejar seu terceiro ato.

O vento havia diminuído e o Sol estava a caminho do horizonte. Aquela tarde, na qual os ataques aconteceram, estava por terminar, mas, antes do anoitecer, Ele faria sua terceira vítima.

Queria mais, não estava realizado nem satisfeito...

O terceiro ato começou com o mesmo procedimento do observado nos ataques anteriores.

Aproximou-se da Lourinha, sentiu o cheiro adocicado que vinha de seu ventre e tomava o ambiente.

Resolveu contemplá-la alguns instantes...

Somente então traçou sua rota de penetração e a cumpriu.

A Lourinha não era tão profunda como a Rosa. Ele não pôde inserir todo seu membro no cerne de sua última vítima.

Todavia o impacto foi muito forte. Quase destacou a Lourinha e por pouco a bela não foi ao chão.

Ele estava alucinado, pois já sentira, em outras vezes, o sabor daquele líquido produzido por Ela.

O algoz sabia que era o mais delicioso de todos e deixou para chupá-la por último.

Ele penetrava com menos velocidade, mas de forma intensa. A insistência lhe garantiu o tão esperado prêmio.

Com suas estocadas, estimulou bastante a coitadinha, que não teve como resistir. Logo, acessou o mais puro néctar que um ventre já havia produzido.

Não perdeu tempo e chupou vorazmente todo aquele líquido oferecido pela bela Lourinha.

Chegou ao Clímax...

Parecia entorpecido pelo ato e pela composição química daquele alimento.

Saiu do meio dela um pouco atordoado e tentou se recompor...

Sua missão naquela tarde estava finalizada: penetrou e chupou todas elas.

O vento não mais tocava a pele ainda nua das três beldades.

O Sol deixava um pouco de luz no ambiente, mas já estava quase todo escondido atrás da montanha.

O vento, o Sol e a montanha eram as únicas testemunhas ou cúmplices de tudo o que havia acontecido naquela tarde. Todavia se foram. O vento parou, o Sol se escondeu e a montanha foi coberta pela escuridão do anoitecer.

Agora sim, satisfeito! Ele, o Beija-flor, voltou para seu ninho. Devia descansar e se preparar para a visita do dia seguinte.

Amanhã, quando chegar ao campo de flores, encontrará novamente seus cúmplices ou testemunhas e também a Margarida Lourinha, a Rosa Vermelha, a Maria Sem vergonha Roxinha e tantas outras flores.

Ele seguirá sua missão de polinizador de suas amadas: "Penetrando e chupando   todas   Elas".

Domingo Também
é Dia de Aula

Naquele dia, acordei inspirado. Era um domingo de abril, ainda bem quente, como querendo dizer que o verão não acabou.

Levantei, tomei banho e fui para a escola. Sim, domingo na escola para lecionar, mas não dentro das quatro paredes e sim na praia, na restinga, no rio Paraíba do Sul, no manguezal e nas lagoas de Iquipari e Grussaí.

A escola fica na cidade de Campos dos Goytacazes-RJ e nossa aula de campo sempre foi na cidade de São João da Barra-RJ que fica a quarenta quilômetros.

Eu estava com uma preocupação somente e não era o Sol quente nem os rapazes querendo levar cervejas nem as meninas querendo usar aqueles biquinizinhos. Essas coisas estavam realmente proibidas. Menos o Sol, é claro. Para entender minha preocupação principal, vamos voltar no tempo...

— Atenção! Atenção! — falei com a turma. — Vou levá-los para o meio do mato daqui a trinta dias — disse com cara de sério.

— Tô dentro! — gritou lá do fundo uma jovem senhora, sem nem saber ao certo o que iria acontecer.

— Como assim vai levar a gente para o mato? — perguntou um jovem com aquele sorrisinho no canto da boca.

Nesse momento foi um falatório só. E, para aumentar a confusão engraçada, disparei:

— Oh! Como a maioria aqui trabalha, nossa aula será no domingo e sairemos às seis horas da manhã. — Aí que a população da sala ensandeceu...

Como a Educação de Jovens e Adultos é no noturno, muitos alunos são chefes de família e trabalham durante o dia, inclusive aos sábados. Só nos restava o domingo para uma aula de campo. A idade dos discentes varia de dezoito a oitenta anos. Foi neste momento que recebi um olhar "fuzilante" do senhor Osvaldo, de cinquenta e dois anos. Percebi, mas não dei muita atenção.

Quando os ânimos estavam um pouco mais calmos, continuei a explicação.

— Pessoal, iremos fazer uma aula de campo em Iquipari, Grussaí e Atafona. — Como leciono química e biologia, os trabalhos referentes a esta atividade seriam pontuados nas duas disciplinas.

Comecei explicando que faríamos visitas na restinga, nas praias, nas lagoas, no manguezal e no rio. Muitos frequentam a região, mas não olham sob o ponto de vista da preservação ambiental. A fim de motivá-los, expliquei que mais de mil e quinhentos alunos já fizeram esta aula e que através do projeto, ganhei um prêmio e passei uma semana em Londres com tudo pago. Quem fosse não precisaria fazer as provas, somente os trabalhos sobre a aula...

— "Ta"! E, quanto teremos que pagar para ir neste passeio, fessor? — perguntou Nina.

— Nada! Tudo será por conta da escola: transporte, café da manhã aqui, lanche no intervalo e no retorno. A propósito, não é passeio e sim aula de campo.

Osvaldo, um senhor negro, forte e alto, levanta e pergunta:

— E quem não for?

— Vai fazer prova bem difícil, é claro! — disse retrucando a pergunta intimidadora do jovem senhor. Sempre prometo provas difíceis, para persuadir a todos, pois sei que vão gostar, apesar das reclamações iniciais.

— Mas isso não é justo! — retrucou Mayara, uma jovem de vinte anos. Senti o olhar de ódio do Osvaldo novamente.

— Professor, este é o único dia que tenho para descansar e ficar com minha família! — argumentou Osvaldo.

— Você aprenderá bastante e ainda vai poder ensinar a eles! — respondi na esperança de convencer o enraivecido.

— Não gostei nada disso! — disse ele pegando suas coisas e saindo da sala, mas antes me olhou de cima para baixo quando passou ao meu lado.

— Gente, será assim: na próxima aula, vamos responder a um questionário sobre restinga, outro sobre manguezal e desenhar estes ecossistemas. Após a aula de campo, vamos fazer o mesmo procedimento, que vai nos permitir avaliar o que vocês sabiam antes da aula e o que foi aprendido após a aula. Na última etapa, vocês terão que entregar um relatório sobre a aula. Assim, vou compor as notas para química e biologia.

— Oba! Só de não precisar fazer suas provas... Tô dentro, fessor! — comentou Fred, um aluno de dezenove anos.

Tocou o sinal indicando o término da aula. Alguns alunos me perguntaram mais algumas coisas e saímos da sala. Caminhando pelo corredor, senti uma mão pesada em meu ombro e, quando olhei, lá estava o Osvaldo me olhando de cima novamente.

— Rapaz, não tem como ir à aula de campo!

— Não tem problema! Vai ter que fazer as provas, mas uma coisa garanto: se for vai gostar.

— Você é folgado mesmo, "né" baixinho! — disse ele saindo apressado.

Como ainda teríamos algumas aulas antes da saída de campo, fiquei um pouco preocupado com a reação do Osvaldo. Até então éramos amigos. Ele sempre participava das aulas, ajudava a controlar os mais jovens. Logo pensei: "Perdi o parceiro na turma, mas se for assim, assim será".

Os dias se passaram, Osvaldo faltou as duas aulas seguintes. Fingi que não notei quando ele retornou e no dia de seu aparecimento fiz questão de informar as regras da aula de campo:

— Pessoal, para nossa aula de campo do próximo domingo, as regras são...

Osvaldo me olha atirando raios, parecia sair fumaça de sua cabeça. Até sorri percebendo e continuei:

— Como vamos entrar na restinga, a vestimenta é calçado fechado, calça, boné, protetor solar...

— Peraí! — retrucou uma aluna de dezenove anos. — Não vou poder usar biquíni?

—Não! — respondi seco. — Sandra, imagina todos em traje de banho! Tenho certeza de que vocês não iriam querer ver a mim e nem meu amigo Osvaldo de sunga, "né"? — pronto, a galera começou a rir... Até meu amigo abaixou a cabeça e deu uma risadinha escondida.

Acabei as orientações, passei o questionário sobre restinga e manguezal. Muitos não sabiam responder às perguntas, pois nunca haviam passado por lá. Osvaldo pegou as folhas com desdém, nem falou comigo, respondeu, fez os desenhos, jogou em cima da minha mesa e saiu. Eu tinha certeza de que meu ex-amigo não estaria na aula no domingo.

— Bom dia! Bom dia! — Cumprimentei os alunos que já haviam chegado. — Vamos entrar na escola e tomar o café da manhã para sairmos logo. Hoje o dia promete!

A turma era formada por cinquenta e oito alunos e destes, quarenta e oito estavam presentes. Sim, no total esta turma chegou a impressionantes sessenta e quatro alunos. O diário tinha uma complementação, pois não havia espaço para todos os nomes. Destes tantos, obviamente que meu amigo Osvaldo não havia comparecido.

— Vamos! Todo mundo já comeu e bebeu, agora é hora da aula. — O pessoal entrou no ônibus, alguns reclamando, outros brincando, outros praticamente dormindo porque tinham vindo direto da balada...

O motorista ligou o ônibus e deu as boas-vindas, informou algumas regras, rezamos para pedir um bom domingo de aula e, quando estávamos prestes a sair, eis que bate à porta meu amigo Osvaldo. A galera assobiou, brincou com ele, pois portava caderno, caneta e traje adequado. Passou, me deu um bom dia "entre os dentes" e sentou-se lá no fundo.

Ao chegar a Iquipari, fomos direto para a beira do mar, onde falei da questão dos resíduos. Sugeri a eles que, ao virem à praia, deveriam trazer sacolas para levar seus lixos e até mesmo coletar os outros, pois ali era lugar de desova de tartaruga marinha e esse material poderia parar dentro da água e ser confundido com alimento por esses animais e levá-los à morte.

— Fessor — interrompeu Marcos —, como as tartarugas desovam?

— Olha, cada fêmea pode fazer até treze desovas no período de setembro a março aqui em nossa região. Em cada postura são depositados de cento e vinte a duzentos ovos.

— Professor, vejo muito carro passando aqui na areia no verão. Isso pode prejudicar as tartarugas e os ovos? — perguntou Rose, a senhora de sessenta anos.

— Sim! — respondi balançando a cabeça. — Primeiro que é proibido por lei passar de carro na areia da praia. Esta prática pode quebrar os ovos e atropelar as tartarugas, assim como outros animais e plantas que aqui vivem, como vocês estão vendo.

Falei do histórico da região e que por volta de 1766 já existia uma lei que impedia a pesca na lagoa de Iquipari quando a barra que a conecta com o mar estivesse aberta:

— Um homem chamado João Fernandes foi preso nesta época pescando aqui na lagoa e foi condenado a cinco bofetadas de mão aberta em praça pública. Imaginem a vergonha para a época! — Os alunos riram, menos, é claro, o Osvaldo, que anotava tudo com cara de desdém. — Estão vendo? As leis de proteção ao ambiente são mais antigas do que pensamos, pois quando a barra está aberta, ocorre a entrada e saída de peixes, camarões, siris... eles ficam vulneráveis, principalmente os mais jovens.

Passamos pela lagoa, falei dos animais que ali vivem, inclusive jacarés, que foi surpresa para muitos que frequentam o local e não sabiam. Falei da importância da preservação daquele conjunto de ecossistema envolvendo praia, lagoa e mata de restinga...

Ao entrar na mata de restinga, informei os cuidados que deveríamos ter, pois poderiam aparecer cobras, pisarem em cactos...

A cada conversa, brincadeira e pergunta, Osvaldo parecia bufar de raiva por estar ali, mas não deixava de ficar atento e anotar todas as informações.

— Vejam! À medida que vamos entrando na mata de restinga, a vegetação começa a mudar. Ocorre a formação de moitas, depois moitas mais próximas até chegar à mata fechada. Aqui, existem muitos animais, tais como: preguiças, macacos, muitas espécies de pássaros — inclusive migratórias —— tatus, lagartos, cobras, capivaras...

— Professor, como os animais e vegetais conseguem viver nesse ambiente de areia e muito quente? — perguntou Silvia, de quarenta anos.

Olho para Osvaldo e o coitado já está suando em bicas. Claro que nada satisfeito com aquela situação.

— Querida Silvia, as espécies que aqui vivem estão adaptadas a este ambiente hostil. O bicho homem é que causa perturbação no equilíbrio estabelecido entre as espécies daqui. Veja! A aroeira e a pitanga, se plantadas na cidade, viram árvores. Aqui, são rasteiras por causa da areia e do vento... Os tanques das Bromélias servem para armazenar água para muitos animais...

Andamos bastante dentro da restinga, observamos flores, frutas, pássaros, lagartos, ninhos, enfim, toda biodiversidade inerente a este ecossistema. O pessoal registrava tirando fotos e fazendo vídeos, menos Osvaldo, é claro. Foi quando ele fez questão de ficar para trás e perguntou de longe:

— Ô, professor, isso aqui ainda vai demorar muito?

— A nossa aula de campo? — respondi à altura da pergunta. — Vai sim, Osvaldo, o tempo que for necessário! — Deu para ouvir alguns risos e aí tive a certeza de ter perdido de vez o amigo, mas não poderia deixar de responder à altura na frente de todos. O Cidadão suspirou e continuou sua caminhada de volta ao ônibus.

Já estávamos naquela praia há mais de duas horas. Antes de retornar ao ônibus, fizemos um piquenique embaixo de algumas árvores do quiosque, à beira da lagoa. Todos estavam descontraídos, brincando, comendo, bebendo refrigerante ou suco. Foi quando cheguei perto de Osvaldo e, como se nada tivesse acontecendo, perguntei:

— Fala aí, Osvaldo! Está gostando?

— Estou amando! — E continuou sua refeição.

— Que bom! — comentei saindo de perto.

Acabou o lanche. Sempre tenho a ajuda das minhas amigas da cozinha e do apoio da escola. Juntamos tudo e voltamos para o ônibus. Nosso destino era a praia de Grussaí, que fica a três quilômetros de onde estávamos. A diferença é que a lagoa desta praia é bastante impactada, pois não tem mais a proteção de suas margens pela restinga. Comparamos as duas lagoas: a de Grussaí sofre com esgoto, lixo e a perda da mata de restinga para dar lugar às casas.

Muitos dos alunos passam o verão nesta área e conhecem bem o local. Discutimos bastante e eles perceberam a importância de preservar este ecossistema, inclusive o Osvaldo, que informou possuir uma casa ali perto. Não perdi tempo e disse:

— Aí, turma! Churrasco na casa do Osvaldo semana que vem! — Todos riram e até ele começou a desamarrar a cara.

Após uma hora em Grussaí, comparando com a praia de Iquipari, fomos para o destino final: a foz do Rio Paraíba do Sul, na praia de Atafona. O encontro do rio com o mar é um local mágico, capaz até de devolver o sorriso ao rosto do Osvaldo. Ali, falamos da importância deste rio para a região, para o Estado do Rio de Janeiro e para o Brasil. Mostrei o avanço do mar sobre as casas e outras construções de Atafona. O mar já destruiu dois quarteirões e agora tudo faz parte do oceano.

— Professor, por que o mar está provocando essa erosão aqui? — perguntou o Osvaldo.

— Caro Osvaldo, as pessoas retiraram o manguezal desta parte para construir. Esse ecossistema faz uma espécie de proteção à ação mecânica das ondas. Quando retirado, a área fica vulnerável. Somado e este fator está a perda de volume de água do rio, devido à retirada para abastecer as cidades e indústrias, além do desmatamento de toda a bacia hidrográfica, fato que dificulta a entrada de água para o rio. Então, juntando tudo isso, o rio perde forças na luta contra o mar, que entra cada vez mais no rio e ajuda a provocar o processo de erosão aqui na foz.

— Entendi! — respondeu Osvaldo.

— Fessor, outro dia, passou na televisão que o manguezal é o Berçário da Vida Marinha. É verdade? — perguntou Martinha, de vinte e três anos.

— É verdade, Martinha! Aqui no manguezal, muitas espécies de peixes, crustáceos, entre outras, nascem ou passam alguma parte de sua vida. E as espécies marinhas que não passam por aqui dependem das que se reproduzem aqui, principalmente se formos analisar a cadeia alimentar...

Continuei a explicação, falei das lendas locais, da relação dos pescadores e dos turistas com aquele ambiente. A cada passo, notei o Osvaldo diferente e pensei: "agora que a aula está acabando é capaz de Osvaldo me jogar dentro da água. "E dei risada sozinho."

— Pessoal, espero ter passado um pouco da importância ambiental dos ecossistemas da nossa região. Gostaria que vocês ajudassem a preservar, falando com seus amigos e familiares o que conversamos hoje...

— Aí profe, foi maneira essa aula! — disse o aluno mais bagunceiro da turma. — "Bora" partir pra outros lugares, mano!

— Que bom que você gostou! Vamos tentar outras aulas de campo — informei que tínhamos mais um lanche, desta vez no ônibus mesmo, já que estávamos encerrando a aula.

Muitos alunos vieram agradecer e pediram mais aulas assim. Outros reclamaram que demorou muito, principalmente por causa do Sol e assim fomos voltando para o ônibus. Percebi que Osvaldo foi ficando para trás e também fui deixando a galera ir à frente. Eu estava um pouco na frente dele e os alunos já entravam no ônibus. Senti novamente aquela mão pesada no meu ombro e pensei: "é agora!"

— Ô, baixinho folgado! — disse Osvaldo.

— Qual é? — respondi encarando-o de baixo para cima.

— Quero falar com você no ônibus! Na frente de todo mundo. — Nem me deixou responder e acelerou o passo.

Pensei com meus botões: "Hum, vai querer me esculachar na frente da galera, mas é claro que não vou dar mole pra ele."

Entrei no ônibus, todos estavam lanchando e Osvaldo de pé perto do motorista.

— Fala, Osvaldo! O que tem de importante para me dizer?

— Aí, pessoal, prestem atenção! — ordenou Osvaldo. — Esse cara aqui é um baixinho folgado pra caramba! — Alguns ficaram apreensivos, claro, inclusive eu. — Mas eu nunca tive a oportunidade de participar de uma aula dessa em minha vida. Por minha ignorância, quase deixei de vir. E se não fosse a marra desse baixinho, eu não teria vindo mesmo e perderia tudo que estudamos aqui hoje.

A galera começou a bater palmas e assobiar. Percebi a voz embargada do Osvaldo e algumas lágrimas escorrendo no seu rosto e ele continuou:

— Sabe, baixinho, quero te pedir desculpas na frente de todos e dizer duas coisas: a primeira é que vamos fazer mais aulas assim! Serei o primeiro a chegar! E a segunda é: aceite as minhas desculpas. — A galera foi à loucura...

Osvaldo me abraçou sob os aplausos de todos que ali estavam. Agradeci, disse que faria o possível para fazer outras aulas de campo e agradeci a todos os presentes e a todas as servidoras (entre apoio, cozinheiras e professoras) que sempre me ajudam.

Sentei, tomei água e pensei: "mais uma vez, valeu a pena..."

Rio & Mar

A foz é o espaço geográfico no qual o Rio namora o Mar.

Gaia Infeccionada

O Planeta Terra está acometido de uma grave infecção!
Que remédio pode haver contra esta doença chamada animal racional?

Lixo não é Lixo

Os resíduos não podem ser classificados apenas como lixo. É preciso que toda a sociedade reconheça e trabalhe esse material como recurso, fonte de matéria-prima e energia. Assim, a pressão sobre os bens naturais pode diminuir. Mesmo os resíduos orgânicos devem ser aproveitados e transformados em energia ou adubo.

Sou da Água

Sou da água Doce e da Salgada,
Navegando com minha jangada,
Sou do Rio e do Mar,
Menina Bonita, para ser teu, preciso te amar...

Ser Natural

O bicho homem é um ser natural. Pena que uma parte significativa desta espécie, não se entende como tal.

Na Beira do Rio

Sentei à beira do rio e chorei...
Chorei pelo que vi e, principalmente, por causa do que não vi.

Mata

— Mata!
— Não mato!
— Mas... Sem mato, sem vida!
— Então...   Mata!

Úmido e quente dentro dela

Invadi de forma voraz e truculenta. Ao alcançar suas entranhas, percebi que estava muito quente e úmida.

Continuei a invasão, mas com um pouco de calma, para curtir aquela incrível sensação.

Pude sentir seu cheiro, uma mistura de odores fortes. Em um momento era adocicado e, dependendo de onde eu explorava, o odor era desagradável e muito fedido.

Minha exploração continuou e me percebi ofegante, suado e com sede. Penetrei ainda mais em seu interior. Até que cheguei ao meio de sua fenda, por onde escorria um líquido cristalino, doce e refrescante. Não resisti e caí de boca.

Bebi a mais pura água, banhei-me e saí revigorado da trilha da mata do Imbé.

O mais forte

É comum na Natureza o mais forte comer o mais fraco, assim como é comum, no ecossistema urbano, o mais rico comer o mais pobre.

Sala de Aula

É um solo Sagrado do Templo do Saber.
Aqui, em cada aula, podemos transformar e ser transformado.
Iluminar e ser iluminado.
Aprender e ensinar.
E...   Amar   e   ser   Amado.

Amigo Sol

Sabe, amigo Sol, sua energia é a fonte de vida aqui na terra.

Seu calor arde como uma flechada do Cupido que espalha o amor.

Sua cor, ainda mais intensa no verão, alegra muito meu coração.

Caro Amigo, um dia vamos apagar! Quem sabe, será esse o momento
de   nos   encontrar?

Gestão de resíduo no
Sítio Panorama

Seis horas da manhã e já estávamos todos na frente do Instituto Federal ansiosos para uma aula de campo em um sítio que produz café, no município de Varre-Sai-RJ a duzentos quilômetros de Campos dos Goytacazes-RJ.

A turma do Mestrado em Engenharia Ambiental seguiu viagem sob orientação do Professor Vicente. Três horas depois, a van chega à fazenda, uma micro bacia hidrográfica onde a sede fica no vale e outras dez casas ocupam as encostas do território.

Fomos muito bem recebidos com um gostoso cafezinho, é claro, pelo Paulinho, que é o administrador, Valdileia sua esposa, que é agente de saúde da família daquela região e por seus três filhos.

O professor fez um tour pela propriedade antes de nos passar a tarefa de cada grupo. Foi um sobe e desce de morro daqueles! Passamos pela plantação de café, pela estrutura de lavar o café, pela mata bem preservada, pelas nascentes, pelo riacho, pelo lago, pelas casas dos meeiros, pelo pomar carregado de frutas que, obviamente, foram atacadas pelos membros do grupo que a esta altura já estavam exaustos e famintos.

Retornamos à sede da fazenda, os grupos foram divididos e partiram para suas missões na propriedade. O primeiro grupo foi verificar a questão da água que abastecia as residências e que servia também para a irrigação. O segundo grupo fez um levantamento sobre a saúde dos moradores. O meu foi o terceiro grupo, que ficou encarregado de levantar as condições de gestão dos resíduos domésticos e os provenientes da produção de café.

O dia passou, os grupos fizeram suas apresentações, fomos avaliados pelo professor Vicente, por Paulinho e sua esposa Valdiléia. Voltamos com sensação de dever cumprido. Mas no meu caso, algo estranho aconteceu: fiquei intrigado com aquele lugar e parecia que alguma coisa estava me chamando para voltar lá.

No caminho, mesmo exausto, não consegui dormir. Minha cabeça fervilhava, pensando em um projeto para aquele lugar e tinha que ser de Educação Ambiental, pois identificamos que as universidades e o Instituto Federal já haviam realizado projetos na propriedade, mas objetivando a produção de café e ainda nada havia sido feito com os meeiros, suas esposas e filhos. No caminho, pensei nas possibilidades, uma vez que tenho, na minha formação, uma pós-graduação em Educação Ambiental, fato que facilitou o meu devaneio.

Quando cheguei a casa, ainda com a cabeça fervilhando, passei as ideias do projeto para o papel e mandei para os meus orientadores Pinedo e Vicente. Não foi fácil, no entanto, acabaram aceitando. Nesta altura do mestrado, eu já estava com o projeto de dissertação em andamento e tinha somente mais um ano pela frente.

Mudei o projeto mesmo assim e comecei do zero. Estava feliz por poder desenvolver um trabalho de Educação Ambiental com as pessoas daquela propriedade. Ao mesmo tempo, estava pressionado pelo prazo que restava e pela responsabilidade de ter que deixar um legado para aqueles homens, mulheres e crianças do campo. Arregacei as mangas e fui à luta.

Passei a frequentar o sítio. Ficava de quinta-feira a sábado com eles. Fui recebido na casa do Paulinho, onde dormia e fazia as refeições. Acompanhava todos os passos deles desde quando acordavam até a hora de dormir. Consegui entender a cadeia produtiva do café, os costumes, fiz algumas sugestões e conquistei a confiança dos meeiros e seus familiares...

Tem lixo por toda parte

Uma das coisas que me incomodou desde o primeiro dia foi a grande quantidade de resíduos deixada pela propriedade: eram fogueiras por todo lado, garrafas plásticas e de vidro, sacolas, fraldas, papéis higiênicos, latas, embalagens de agrotóxico, enfim, todo tipo de resíduo de uma região urbana, só que no campo.

A disposição equivocada do resíduo deixava as pessoas vulneráveis a acidentes como cortes, arranhões e perfurações que infeccionavam, entre outros. O lixo também era fonte de desenvolvimento de mosquitos, ratos, cobras e outros vetores de doenças.

Estava desenvolvendo outra parte da pesquisa, mas o resíduo me tirava o sono. Eu tinha que pensar em uma solução para destinar corretamente todo o lixo gerado na propriedade. O desafio era grande, pois na zona rural não havia coleta de lixo por parte da prefeitura.

Inconformado, conversei com os meeiros, com o Paulinho, com meus orientadores Vicente e Pinedo e nenhuma solução foi encontrada. Passaram mais dois meses e nada. Até que uma luz acendeu:

Na Prefeitura

— Paulinho, vamos fazer um Mutirão para catar todo lixo da propriedade?

— Vamos fazer esse mutirão! — disse Paulinho. — Depois eu levo o lixo lá para o lixão da cidade.

Mas ainda não era a solução. Pensei que não daria certo, pois sem coleta regular, tudo voltaria a ser como antes.

— Paulinho, preciso falar com o Prefeito! Será que ele me atende?

— Ele é meu amigo. Vou tentar marcar uma reunião!

— Obrigado, amigo!

Marcamos o dia do mutirão para daí a três meses.

A reunião com o Prefeito se tornou uma novela. Quando ele podia, eu não podia e vice-versa. Chegou a semana do mutirão e eu não havia resolvido nada com o Prefeito da cidade.

O mutirão era no sábado e conseguimos nos reunir na quinta-feira. Eu precisava explicar para Prefeito o que faríamos e o que iríamos precisar da Prefeitura.

Por outro lado, pensei que nada conseguiria, pois a data do evento estava muito próxima.

— Boa tarde, Prefeito! Enfim, conseguimos nos encontrar! — disse rindo para quebrar o gelo.

Conversamos sobre as ações ambientais da Prefeitura, legislação e, por fim, sobre o evento do sábado.

— Como o Senhor sabe, faremos um Mutirão no sítio Panorama.

— Sim! O Paulinho já adiantou alguma coisa comigo — disse o Prefeito.

— Então, tomei a liberdade de visitar algumas secretarias e tem alguns servidores da prefeitura que também querem participar — informei ao Prefeito.

— É mesmo? Nosso pessoal quer participar? Muito bom!

— Sim! São servidores das Secretarias de Saúde, Turismo, Meio Ambiente e Limpeza Pública.

— E o que você precisa? — perguntou o prefeito.

— Olha, sei que está em cima, mas vi alguns recipientes utilizados como lixeira com a marca da Prefeitura espalhados pela cidade. É possível conseguirmos dez lixeiras destas para colocarmos em cada casa do sítio?

Na reunião também estavam presentes alguns vereadores, o secretário de Limpeza Pública e o de Meio Ambiente, Paulinho, o proprietário da fazenda, os Professores Pinedo e Vicente...

O Prefeito perguntou ao secretário:

— Amigo, temos dez latões no estoque para ceder?

O secretário disse que sim e o prefeito mandou levar os recipientes naquele dia para o sítio. Pensei comigo: "Fiz um ponto, para quem achou que nada conseguiria."

— Outro ponto, Senhor Prefeito, bastante importante é a coleta regular de resíduos naquela área rural. É possível um caminhão da prefeitura passar quinzenalmente por lá para coletar o resíduo armazenado nas lixeiras?

— Mas é claro! Vamos fazer esta coleta quinzenal — disse o Prefeito olhando para o Secretário.

Mais um ponto no placar, então fui mais ousado:

— Senhor Prefeito, no dia do mutirão, vêm trinta alunos da pós-graduação em Educação Ambiental, há mais trinta e seis que moram na fazenda e mais uns trinta de suas secretarias. O Senhor acha possível a

Prefeitura fornecer o almoço para essas pessoas? — perguntei com a maior cara de pau, já sabendo que a resposta seria negativa.

— Você quer que faça a comida lá mesmo ou pode ser quentinha? — perguntou o Prefeito.

Respondi que poderia ser quentinha mesmo. Bem mais prático. O Prefeito pediu ao secretário que enviasse cento e trinta quentinhas e mais o refrigerante. Mais um ponto conquistado. Solicitei luvas e sacos de lixo, mas o Prefeito disse que esse material não tinha no almoxarifado e teria que licitar. O tempo que dispúnhamos não era suficiente, mas o Zé Ferreira, proprietário do sítio, se comprometeu em fornecer este material.

Saímos da reunião muito empolgados, pois conseguimos avançar em pontos importantes para a gestão do resíduo no sítio e, de quebra, em parceria com a Prefeitura de Varre-Sai.

O Mutirão

O sábado chegou. Estavam todos no sítio: os alunos da pós-graduação, os moradores, inclusive as crianças, os servidores, alguns vereadores e secretários.

Os cinco grupos foram divididos para cobrir toda a propriedade. A composição dos grupos foi mesclada com quantidades iguais de alunos, moradores e servidores. Assim, os moradores passavam suas experiências locais para os alunos e servidores, os alunos explicavam alguns conceitos sobre os resíduos e os servidores passavam algumas informações da gestão dos resíduos pela prefeitura.

A interação foi muito produtiva e todos puderam aprender uns com os outros.

Um caminhão de resíduo foi coletado pelos grupos. Paramos para o almoço e depois, uma peça de teatro que trazia a importância de destinar corretamente os resíduos foi apresentada.

Ao fim da apresentação, fizemos uma grande roda no celeiro e discutimos as ações do dia. Cada um deu seu depoimento: meeiros, estudantes, gestores e servidores...

Com o passar do tempo, a gestão do resíduo naquela propriedade foi sendo aprimorada por eles e, atualmente, nenhum resíduo é encontrado jogado pelo chão. Todo material é guardado nas lixeiras e o caminhão da prefeitura recolhe periodicamente do Sitio Panorama e das outras propriedades também.

Tive a oportunidade de desenvolver outras ações com os moradores, mas nenhuma foi tão gratificante e produtiva como a implantação da gestão de resíduo naquela propriedade. Terminei minha pesquisa, defendi o mestrado e tenho orgulho de ter deixado um legado para aquela comunidade, mas o mérito é todo deles, pois continuam aprimorando a gestão dos resíduos.

Após oito anos, retornei ao sítio Panorama para matar a saudade e saber como estavam as sementes que plantamos juntos. Qual foi minha surpresa ao chegar novamente na terra que me fez mestre em Engenharia Ambiental?

A gestão dos resíduos melhorou ainda mais! O sistema foi ampliado para outras propriedades e os moradores estão, a cada dia, mais sensibilizados sobre a importância de destinar corretamente o lixo gerado, mesmo sendo em uma zona rural de difícil acesso, mas constituída de pessoas que entenderam a relevância e os benefícios de se fazer a coisa certa em prol do seu ambiente.

Flor de espinho ou não

Cactos, Roseiras e Pau-brasil são plantas que possuem espinhos que podem furar, machucar e até mesmo fazer chorar. No entanto, suas flores são belas, cheirosas, encantadoras, coloridas, alegres...

Outras flores como Tulipas, a flor do Aguapé, Orquídeas e Margaridas não possuem espinhos e são igualmente lindas, cheirosas, encantadoras, coloridas, alegres...

Qual tipo de flor és tu?

O que será?

— Nossa! Olhem! Olhem!

— Não acredito!

— Então é assim?

— Que ma-ra-vi-lha!

— Como é linda!

— Sim, muito bela!

— Olhem! Como seus braços balançam com o vento!

— Parece uma bailarina!

— Sempre ouvi meus pais e avós falarem delas.

— Vocês podem até não acreditar, mas houve um tempo em que elas ocupavam quase todo o território brasileiro.

— É... Eu sei!

— Como se chamam mesmo?

— Árvores!

Pagou a conta da poluição com a vida

Uma grande empresa, situada à beira de um rio, possui todas as licenças ambientais e sistemas de tratamento de efluentes eficientes e dentro das normas ambientais. Entretanto, o diretor acha que estão gastando muito com o setor de tratamento de efluente. Então, ele chama o gerente de produção e ordena:

— Cristóvão, estamos gastando muito com estes sistemas de tratamento de efluentes.

— Seu Cláudio, entendo sua preocupação, mas o sistema está funcionando perfeitamente e o líquido jogado no rio está dentro das normas ambientais.

— Eu sei, Cristóvão! O que estou tentando lhe dizer é que precisamos economizar e sei que você pode dar um jeitinho nisso.

— O jeitinho que existe é fazer algumas descargas de efluente direto no rio, sem passar pelo sistema de tratamento, mas isso vai contaminar a água do rio, matar muitos peixes, comprometer a saúde da população que consome a água e toma banho no rio e pode gerar multas bem pesadas para a empresa e ainda comprometer a imagem de nossa organização.

— Cristóvão, vou ser mais claro com você: dê descarga sem tratar o efluente, mas faça no turno da noite! Assim, é mais fácil de enganar os órgãos fiscalizadores e a população.

O gerente de produção saiu da sala sem falar mais nada e pensou: "Como farei isso? Nosso efluente é extremamente poluidor e pode causar até câncer nos moradores da cidade que consomem a água do rio e tomam banho nestas águas."

Alguns dias se passaram e o Cristóvão não havia cumprido a determinação do diretor. Percebendo que sua ordem não estava sendo executada, seu Cláudio chama novamente o Cristóvão:

— Cristóvão! Cristóvão! Você não melhorou a produção como ordenei!

— Mas seu Cláudio, o risco é muito grande para a empresa, para o rio e para a população.

— Isso não me interessa! Preciso diminuir os custos da empresa e se você não puder colaborar, terei que encontrar um gerente de produção que entenda isso. Você me entendeu agora, seu Cristóvão?

— Sim, Senhor! Farei o que me pede. Começaremos nesta noite!

— Que bom, meu amigo! Estaremos juntos hoje no turno da noite. Até mais tarde.

— Até... seu Cláudio.

Cristóvão saiu da sala atordoado, tropeçou na mesa da secretária, que percebeu algo de errado, e lutou com sua consciência: "Se eu não cumprir a ordem, ele vai me demitir e, se cumprir, coloco em risco o rio, a população e a empresa."

O gerente passou o resto do dia pensando o que poderia fazer e não achou uma solução. Antes do turno da noite, ligou para sua casa e informou que ficaria na empresa para resolver alguns problemas na produção.

Cristóvão pensou na importância de seu emprego para sua família e decidiu cumprir a ordem de seu Cláudio:

— Boa noite, seu Cláudio!

— Boa noite, meu gerente preferido!

— A operação está sendo realizada conforme sua determinação.

— Bom menino!

— Vai representar uma economia de apenas 1% na produção diária.

— Esta economia paga seu salário, o meu e de outros colegas, totalizando 40% da folha de salários, meu caro Cristóvão!

— Mas volto a afirmar: as consequências podem ser desastrosas e trazer muito prejuízo.

— Vai nada! Ninguém fiscaliza no turno da noite e a cidade dorme.

— Ok!

— Boa noite e bom trabalho, meu garoto!

A prática passou a fazer parte dos procedimentos da produção. A água do rio abastecia a população da cidade. Cristóvão passou a comprar água de outra cidade para abastecer seu condomínio, pois sabia dos riscos. O tempo passou e sua consciência lhe consumia. Decidiu argumentar com seu Cláudio:

— Seu Cláudio, já podemos voltar ao procedimento anterior com relação ao tratamento dos rejeitos. A economia foi grande neste período!

— Mas é claro que não! Já incorporamos a economia no balanço da empresa e nada do que você disse aconteceu.

Cristóvão era consumido por sua consciência e, um ano depois, decidiu, sem falar com ninguém da empresa, procurar outro emprego. Nesse tempo, ficou sabendo que o filho do seu Cláudio adquiriu um câncer maligno.

O menino estava sempre tomando banho no rio e consumia direto esta água em sua casa.

O gerente de produção, não suportando mais aquela cruz pesada, foi falar com o diretor:

— Seu Cláudio, estou sabendo do seu filho.

— E o que você tem com isso?

— Eu e o senhor, "né"? Ele está sempre dentro do rio, para onde mandamos parte do nosso efluente, que é cancerígeno. A doença dele pode ser por nossa culpa.

— Não fale bobagem, seu covarde! A operação vai continuar!

— Ok! Mas agora, o senhor que a faça! Estou passando nos recursos humanos e pedindo demissão.

— Mas você não...

Cristóvão saiu da sala sem nem ouvir o que seu Cláudio tinha para falar. Pediu demissão, ficou um pouco mais aliviado, mas sem emprego.

O tempo passou...

E após seis meses, Cristóvão conseguiu um emprego melhor na cidade vizinha.

Sua empresa anterior foi multada, fechada por um grande período, Seu Cláudio foi demitido e seu filho, de apenas 13 anos, morreu de câncer.

Uma outra forma
de produzir vidas

— Ei, meninas, estamos produzindo muito lixo! — disse o pai de Ana Bárbara e Fernanda.

— É mesmo! — concordou Fernanda.

— Papai, você é Técnico em Meio Ambiente. Diga o que podemos fazer com tantas embalagens! — disse Ana Bárbara.

Como em todas as casas, a produção de embalagens de plástico, papelão e similares é muito grande e acontece a todo instante.

A maior parte é de garrafas plásticas, embalagens de sucos, leite, iogurte, entre outras.

O pai pensou...

— Meninas, vamos lavar e guardar todas as embalagens!

— Para fazer o quê? — perguntou Ana Bárbara.

— Mas e o moço da reciclagem? — perguntou Fernanda lembrando do rapaz que uma vez por semana pegava o material reciclável.

— Tenho uma ideia! — disse o pai. — Vamos dividir. Uma parte fica com ele e a outra, vamos utilizar para fazer mudas de árvores!

— Que boa ideia, papai! — concordou Fernanda.

— Tirou um 10, rapazinho! — disse Ana Bárbara fazendo todos sorrirem.

— O que vocês acham de fazermos assim? Lavamos as embalagens, eu faço três furos na parte de baixo, enchemos de terra misturada com areia e colocamos as sementes.

— Papai, para que serve os furos na parte de baixo das embalagens? — perguntou Ana Bárbara.

— Filha, este procedimento evita que a água da irrigação fique acumulada e estrague as raízes das nossas plantinhas.

— Agora entendi, papai! — respondeu Ana Bárbara.

— Também tenho uma pergunta! — disparou Fernanda. — Por que tem que misturar areia e terra?

— Boa pergunta, Fernanda! Porque se colocarmos somente terra, ela pode ficar muito dura, dificultar o crescimento das raízes e a infiltração da água. Podemos até colocar um pouco de pedrinhas para ajudar o desenvolvimento das raízes e o escoamento da água.

— Oba! Eu quero mexer com a terra, papai! — comemorou a empolgada Fernanda.

— Eu também! — disse Ana Bárbara. — Só assim, deixamos um pouco o celular. — Todos riram e foram colocar o plano em prática.

A família separou algumas garrafas de plástico, embalagens de suco e leite e até potes de iogurte. Lavaram bem e o pai cortou a parte de cima e fez alguns furos com uma faca na parte de baixo.

A turma saiu para comprar ferramentas de jardim, terra e ainda conseguiu um pouco de areia de um vizinho que havia acabado de fazer uma reforma em sua casa. Pronto! Quase todo o material estava à disposição dos amigos da natureza.

— Papai, o que vamos plantar? — perguntou Ana Bárbara.

— É mesmo! Cadê as sementes? — disse Fernanda.

— Calma, meninas! Todos os dias comemos frutas e delas retirei algumas sementes para começar nosso empreendimento ambiental.

— Que legal! — comemorou Fernanda.

— Então, vamos fazer mudas das frutas que comemos! — concluiu Ana Bárbara. — Isso é muito interessante! Vamos utilizar as embalagens e sementes da nossa própria casa.

— Isso mesmo, meninas! — disse o pai todo orgulhoso. — Ainda podemos apanhar sementes que caem das árvores da pracinha, pedir sementes aos vizinhos e trazer de outros locais também.

— EEEHHH!!! — comemoraram as meninas.

E assim, partiram para a produção das mudas. O pai orientava e as meninas foram tomando gosto pela atividade. Plantaram sementes de Goiaba, Pinha, Pitanga, Graviola, Aroeira, Pau-brasil e tantas outras.

— Ana Bárbara, papai, acordem! Acordem! — gritava Fernanda em uma manhã de domingo.

— O que foi, minha filha? — perguntou o pai ainda sonolento e assustado com a gritaria.

— O que está acontecendo? O que está acontecendo? — gritou nervosa a Ana Bárbara.

— Olhem! — apontou Fernanda para o berçário de mudas.

— Não acredito! — disse Ana Bárbara esfregando os olhos e incrédula com a cena que estava diante de seus olhos.

— Mas como? — disse o também assustado pai.

Os três ficaram um tempo tentando entender o acontecimento...

Tiveram tanto trabalho e, em uma manhã de domingo, após vinte dias de muita dedicação e carinho, eis que:

— Uau! Como são lindas! — disse Ana Bárbara.

— São mesmo! E eu que vi primeiro! — comemorou Fernanda.

— Olhem! O nosso trabalho valeu a pena! — disse o pai com lágrimas nos olhos ao ver as primeiras mudinhas que germinaram das sementes de Goiaba.

Fernanda pegou uma das mudas e acariciou como se fosse um bebê, Ana Bárbara conversou com as outras e o pai pegou a mangueira para molhar suas novas filhas.

O tempo passou...

Outras sementes germinaram, cresceram e chegou a hora de distribuir e plantar as futuras árvores.

O grupo criou uma página na rede social e passou a divulgar o trabalho entre os amigos. Logo, muitas pessoas passaram a pedir as mudas e eles distribuíam com muita alegria.

Passaram a plantar em condomínios, nas margens dos rios, em terrenos baldios, na mata, e outros locais. O pai sempre com a preocupação de não plantar espécies exóticas nas matas.

— Estão vendo, meninas? Mesmo não tendo um terreno grande, produzimos mudas de árvores, plantamos e distribuímos.

— Papai, tem gente dizendo que não faz muda, pois não tem onde plantar, mas é só fazer e doar para aqueles que podem plantar — disse Ana Bárbara.

— Gente, uma amiguinha viu o nosso exemplo e, mesmo morando em um apartamento, está fazendo mudas com sua família e doando também! — disse a animada Fernanda.

— Podemos criar um canal no you tube e divulgar nosso trabalho para que outras pessoas façam igual ou melhor! — sugeriu o pai.

— Acho uma excelente ideia! Desde que eu seja a apresentadora! — disse Fernanda.

— Nada disso! Sou a mais velha e serei a apresentadora! — disse Ana Bárbara.

— Hum! Ei, meninas, as duas apresentarão juntas! — disse o pai resolvendo o impasse e rindo das filhas.

E assim, pai e filhas seguem até os dias atuais fazendo o papel de disseminadores de árvores. A Mãe Natureza agradece e eles são felizes por produzirem Vidas juntos e por promover um grande bem ao próximo, ao meio ambiente e a toda humanidade.

Visto lá de fora

Há algumas décadas, em sua máquina voadora, eles saíram do planeta e o avistaram da Lua:

— A Terra é azul! — disseram os primeiros astronautas.

Azul da água salgada e da água doce. De toda água do planeta, 97% é de água salgada e apenas 3% é de água doce, mas 2% estão congelados na forma de geleiras e somente 1% está disponível para os seres vivos.

Acontece que este 1% está sendo poluído pelo bicho homem. Já existem rios, lagos e lagoas onde os animais e vegetais morreram e a água não pode ser utilizada para nenhum fim.

Caso nossa espécie continue poluindo o pouco que temos de água doce, a vida no Planeta Azul vai ficar a cada dia mais difícil.

Os novos astronautas continuarão vendo o Planeta Azul. Mas e você? Vai beber o quê?

Não podemos chegar ao ponto em que os indivíduos que sobrarem de nossa espécie somente consigam avistar o Planeta Azul.

Ah! Se eu pudesse
voltar no tempo...

Se eu pudesse voltar no tempo? Tentaria fazer quase tudo de forma diferente.

Se tivesse entendido e aprendido com quem tentou me ensinar a respeitar os ecossistemas e todos os outros animais e vegetais, talvez tivesse ensinado aos meus irmãos, filhos, vizinhos, amigos e tantos outros.

Hoje, sinto falta das coisas boas do passado. Tínhamos uma excelente vida com água pura e abundante, ar livre de poluentes e comida suficiente e sem agrotóxicos.

Atualmente, as mudanças no clima matam mais que guerras e outras tragédias. As tempestades são avassaladoras, mortais e impiedosas, principalmente com o bicho homem! Parece que querem mostrar a força da Mãe Natureza para aquela espécie que não respeitou as leis naturais e a tudo transformou.

Ah! Se pudesse voltar no tempo...

Faria campanhas para cuidarmos melhor do nosso planeta e uns dos outros.

Teria separado os resíduos de casa e do meu trabalho e destinaria à reciclagem. Na hora de uma compra, eu deveria avaliar a real necessidade de possuir aquele objeto e, se fosse sim a resposta, deveria priorizar aqueles com menos embalagens e que pudessem ser reciclados ou que fossem biodegradáveis.

Além de diminuir o consumo e priorizar a reciclagem, poderia ter plantado árvores e não ter cortado aquelas que cortei. Hoje, procuramos sombra na rua e não achamos, procuramos frutas nos quintais e já não existem mais, os poucos pássaros que por aqui voam, fazem seus ninhos na selva de pedra, pois a árvore onde seus ancestrais nasceram, também ceifei.

Ah! Se pudesse voltar no tempo...

Com certeza, contemplaria a beleza da Mãe Natureza! Hoje, sei que a amo, mas sei também que a perdi. Tenho vontade de sentar à beira de um rio e contemplar suas águas bailando a caminho do mar, mas não posso, pois a mata ciliar não está mais lá e a água do rio fede terrivelmente. Tenho vontade de banhar-me nas águas marinhas, as praias estão tomadas por bactérias e fungos que causam doenças mortais, além, é claro, de todo o lixo dentro e fora da água salgada. Tenho vontade de fazer uma trilha na mata e tomar um banho de cachoeira, mas as águas não se jogam mais daquele penhasco, pois as árvores que permitiam a água infiltrar, abastecer os lençóis e as cachoeiras, eu também cortei...

Ah! Se pudesse voltar no tempo...

Gritaria para todos que fazemos parte da natureza e devemos respeitar todos os seres vivos e todos os ecossistemas, pois tudo está interligado e, se tivermos ações que sejam destrutivas, estaremos nos destruindo também.

Atenção! Atenção! Você tem o poder para mudar tudo isso! A hora é agora!

De repente, acordei daquele sonho, devido a um forte barulho na janela do meu quarto. Olhei para fora e a tempestade estava lá.

A Caneta e a Enxada

O peso da caneta é sim bem mais leve que o peso da enxada, no entanto, sem a caneta não tem decisão e sem a enxada não tem o pão.

Alfabetização Ambiental

A preocupação com a preservação ambiental começou a ganhar força a partir da década de sessenta, quando alguns movimentos foram surgindo e trazendo a bandeira ambiental. Naquela época, também começou a discussão a cerca de que as crianças é que deveriam ser conscientizadas e que os adultos não iriam aprender mais nada. Logo, não valeria a pena tentar sensibilizar os adultos.

Quando passei a estudar com mais atenção as questões ambientais na década de noventa em diante, me deparei com essa falácia:

"Olha, não adianta insistir com os adultos. Eles não mudarão seus atos. Devemos ensinar somente as crianças sobre a preservação do meio ambiente."

Eis que chega o século XXI e o discurso permanece o mesmo! Parei e pensei: "Espere um pouco! Não podemos colocar a responsabilidade nas crianças! Isso é uma forma de tirar dos adultos o dever de também preservar o ambiente."

E uma outra crise se abateu sobre a minha pessoa:

"Caramba, nasci na década de setenta e sou uma das crianças de quando começou o discurso que só os mais novos deveriam ser formados para a preservação ambiental. Então, se continuarmos a falar que somente as crianças é que devem ser alfabetizadas, nunca os adultos assumirão sua responsabilidade e ainda continuarão com a covardia de colocar a responsabilidade na conta das crianças."

O tempo passou... Me tornei professor e hoje, por onde ando, falo sobre este assunto.

É urgente que todos os indivíduos sejam alfabetizados nas questões ambientais, seja a criança, o adulto, o idoso, o gestor público ou privado, o político, o líder religioso e seus fiéis, as lideranças, enfim, todos de nossa espécie, estejam onde estiverem.

A Alfabetização Ambiental é uma questão de sobrevivência da raça humana, pois já iniciamos o caminho da autoextinção. Se demorarmos muito a nos alfabetizar, Gaia vai seguir seu rumo com uma espécie a menos.

Respeito ao Rio

Não é só ensinar a pescar! É preciso aprender a respeitar o rio para que nele seja possível nadar, pescar ou mesmo apreciar.

Capital Volátil X Insustentabilidade

Manchete do dia: Portas Fechadas.

Multinacional fecha suas portas, demite dois mil funcionários, fica devendo os impostos e não recupera a área que degradou por mais de trinta anos.

— Bruno? O que está fazendo em casa uma hora dessa? — perguntou a esposa.

— Mirian, a empresa fechou e todos foram demitidos!!! — respondeu o entristecido Bruno, um dos dois mil demitidos por aquela multinacional.

Naquela manhã, Bruno chegou ao seu trabalho e foi chamado, junto com todos os outros, para o pátio da empresa. Simplesmente, o gerente geral agradeceu o trabalho e a dedicação de todos e explicou que devido à questão financeira, as atividades na empresa estavam encerradas e que as contas dos funcionários seriam acertadas em momento futuro.

Os funcionários fizeram manifestações, o sindicato tentou intervir e até o Prefeito da cidade foi conversar com os gestores e nada conseguiram.

A empresa fechou suas portas e levou todo seu capital financeiro para investir em outro país que lhe ofereceu terreno, matéria-prima sem preocupação com as questões ambientais, mão-de-obra farta e barata, isenção de impostos e muitas outras vantagens.

— O que vamos fazer, Bruno?

— Não sei! Estou com cinquenta anos e arrumar emprego aqui em nossa cidade vai ser muito difícil.

— Vou conversar com minha irmã que mora em São Paulo! Acho que teremos que tentar alguma coisa por lá! — concluiu Mirian pensando em uma solução para sua família. O êxodo proposto por ela é mais um impacto socioambiental, que culmina com a aglomeração de retirantes em uma cidade grande.

Após alguns meses, a família de Bruno já estava estabelecida em uma comunidade periférica de São Paulo; e ele, tentando ganhar o pão de cada dia, trabalhava nas ruas catando e vendendo materiais recicláveis...

A empresa, após exaurir os recursos ambientais daquela cidade e deixar um grande e irrecuperável impacto ambiental e social, foi estabelecida em outro continente e vai proceder da mesma forma até drenar totalmente a riqueza ambiental e social daquele país e seguir seu caminho mundo afora.

O capital financeiro predador é assim: uma hora está aqui, prometendo crescimento, respeito ao meio ambiente e às pessoas... outra hora, sai de cena e, como num passe de mágica, se materializa em outro lugar do Planeta.

Utiliza seu canudo para drenar tudo que conseguir e mandar os lucros para a matriz que nada produz e que fica com a maior parte da riqueza dos explorados.

Aos países explorados, cabe conviver com a degradação ambiental e, principalmente, com a devastação moral de seus Cidadãos.

Glossário

Este glossário tem como objetivo ajudar no entendimento de algumas palavras que são citadas no texto e outras que estão ligadas diretamente às questões sócioambientais.

Afluentes ou Tributários — São os rios e cursos de água menores que deságuam em rios principais, lagos ou reservatórios. Um afluente não flui diretamente para um oceano. Os afluentes e o rio principal servem para drenar uma determinada bacia hidrográfica.

Agente Ambiental — Catador de materiais recicláveis. Considerado um importante agente ambiental, esse profissional faz aumentar o índice da coleta seletiva no Brasil, promovendo o reaproveitamento e reciclagem de resíduos que poderiam contaminar o ambiente e servir de abrigo para vetores de doenças.

Agrotóxicos — Produtos e agentes de processos físicos, químicos ou biológicos, destinados ao uso nos setores de produção, de armazenamento e beneficiamento de produtos agrícolas, nas pastagens, na proteção de florestas — nativas ou plantadas — e de outros ecossistemas ou de ambientes urbanos, hídricos e industriais. Sua finalidade é alterar a composição da flora ou da fauna, a fim de preservá-las da ação danosa de seres vivos considerados nocivos, bem como de substâncias e produtos empregados como desfolhantes, dessecantes, estimuladores e inibidores de crescimento. Todavia podem causar efeitos colaterais danosos aos seres vivos e seu ecossistema.

Água Doce — Água dos rios, lagos e a maioria dos lençóis subterrâneos que possui salinidade próxima de zero.

Água Poluída — É aquela que apresenta quaisquer alterações físicas, tais como: cheiro, turbidez, cor ou sabor, que normalmente são consequências de contaminação química, devido, na maioria das vezes, à existência de substâncias tóxicas e/ou elementos estranhos. Pode possuir a presença de bactérias e vírus.

Água Potável — Água de qualidade suficiente para beber e preparar alimentos sem contaminá-los por produtos químicos, vírus e bactérias.

Água Salgada — Água do mar, a qual possui concentração de sal de aproximadamente 35g/kg de água. O Sal predominante é o Cloreto de Sódio (NaCl) utilizado em nossa culinária. Porém outros sais fazem parte da água salgada, mas em menor concentração.

Água Salobra — Água com salinidade intermediária entre a água salgada (marinha) e a água doce. É, portanto, uma mistura de água doce com água salgada.

Água Subterrânea — Água armazenada no solo ou que está infiltrada nele. Fonte de água dos poços e mananciais.

Água Tratada — Aquela que é submetida a um processo de tratamento, com o objetivo de torná-la adequada a um uso especifico em residências, industrias e outros.

Agressão Ambiental — Conduta de pessoa física ou jurídica que ignora normas ambientais legalmente estabelecidas, mesmo que não sejam causados danos ao meio ambiente.

Ambiente — Conjunto de condições que envolvem e sustentam os seres vivos no interior da biosfera, incluindo clima, solo, recursos hídricos e outros organismos. É a soma das condições que atuam sobre os organismos. Os fatores ambientais são de ordem físico-química, edáfica, climática, hídrica e biótica.

Antropocêntrico — Visão pela qual o homem é o centro de tudo. E devido a esse pensamento, acha que pode destruir a natureza, uma vez que ela existe para servir a essa espécie.

Apetrechos de Pesca — Objetos ou utensílios necessários para a execução de qualquer atividade relativa à pesca. Dentre os apetrechos da atividade pesqueira estão: redes, anzóis, puçás, linhas, iscas artificiais, molinetes, entre outros.

Ar – Mistura gasosa que envolve a Terra, constituindo a atmosfera.

Área Degradada — Destruição total ou parcial de uma área, de tal forma que ela perca suas características químicas, físicas e biológicas. Dependendo do tipo de agressão, poderá ser recuperada ou não..

Arrebentação — Lugar da praia onde as ondas se quebram. Normalmente, é a área onde as pessoas tomam banho na praia.

Assoreamento — Acúmulo de sedimentos pelo depósito de terra, areia, argila, detritos na calha de um rio, na sua foz, em uma baía, um lago ou praia. Causa direta de enchentes pluviais, devido ao mau uso do solo e da degradação da bacia hidrográfica, causada por desmatamentos, monoculturas, garimpos, construções e outras agressões do homem ao ambiente.

Bacia Hidrográfica — É a área ou região de drenagem de um rio principal e seus afluentes. É a porção do espaço em que as águas das chuvas, das montanhas, subterrâneas ou de outros rios escoam em direção a um determinado curso d'água, abastecendo-o.

Bicho Homem — Espécie humana. Faz parte da natureza. Uma parte dessa espécie costuma se esquecer desse fato, desenvolvendo uma visão antropocêntrica.

Biólogo — É um profissional que tem conhecimento especializado na área da biologia. Faz parte de sua formação o estudo sobre animais.

Biomassa — Porção de matéria orgânica, animal ou vegetal, presente em uma determinada área em um dado tempo.

Boca da Barra — Passagem pela qual a água do rio chega ao mar e a água do mar entra no rio.

Biota — Conjunto de todos os seres vivos em um determinado recorte geográfico (ecossistema).

Cadeia Alimentar — Sequência de seres vivos que dependem uns dos outros. É composta por produtores que retiram a energia da luz do Sol, que somada à água e nutrientes produzem o próprio alimento; consumidores, que se alimentam de vegetais e ou animais; e os decompositores, que se alimentam da matéria orgânica e disponibiliza os nutrientes para nova absorção, promovendo a ciclagem de nutrientes. Na cadeia alimentar, a energia passa de um ser vivo para o outro.

Chorume — Líquido produzido pela decomposição da matéria orgânica em acúmulos de lixos. É extremamente poluidor, contaminando o solo, águas subterrâneas e rios. Grande quantidade é produzida em lixões e aterros sanitários. Nos aterros, teoricamente, é tratado e nos lixões entra em contato direto com o solo.

Chuva Ácida — Precipitação de água sob a forma de chuva, neve, ou vapor, tornada ácida por resíduos gasosos provenientes de atividades humanas, mas também pode ser de origem natural. Trata-se da entrada de poluentes gasosos no ciclo hidrológico. Pode comprometer a sobrevivência de plantas, promover corrosão e agredir construções, além de prejudicar a saúde dos animais.

Ciclo Hidrológico — É a troca contínua de água entre o solo, águas superficiais, subterrâneas, dos animais e das plantas com a atmosfera. Durante a passagem pelo ciclo, a água pode se apresentar nos 3 estados da matéria: sólido, líquido e gasoso. O ciclo hidrológico pode ser perturbado por ações do bicho homem ou naturais, que emitem gases para a atmosfera e esses, em contato com a água, podem gerar a chuva ácida.

Clã — Constitui-se num grupo unido por parentesco e linhagem, que é definido pela descendência de um ancestral comum.

Colônia de Pescadores — Órgão de classe dos trabalhadores do setor artesanal da pesca, com forma e natureza jurídica próprias, obedecendo ao princípio da livre organização. Local onde são ministrados cursos, palestras e onde as decisões são tomadas por parte dos profissionais da pesca.

Comportamento Antropocêntrico — Quando o bicho homem atua pressionando o ambiente, sem se preocupar com ele e com os outros seres vivos. Age como se não fizesse parte do ambiente e pensa que a natureza existe para lhe servir.

Compostagem — Reciclagem de matéria orgânica (restos de alimentos, folhas, galhos e outras) que é transformada em adubo orgânico. O processo pode ser feito até mesmo em casas e apartamentos. Atualmente, já existem processos baratos, simples e inodoros.

Comunidade Biótica — Conjunto de populações que habitam um determinado ecossistema.

Contaminação — Alteração que deprecia a pureza ou as condições normais de um ambiente ou de um meio por agentes químicos, biológicos ou físicos.

Contato Primário — Contato direto de uma pessoa com o corpo hídrico marinho ou de água doce.

Contato Secundário — Utilização de um corpo hídrico sem contato direto com a água, como navegação, pesca e outros.

Cooperativa de Reciclagem — Local onde o resíduo reciclável é separado e vendido. A organização e gerenciamento são realizados por cooperados, sendo possível a presença de colaboradores.

Corpos Hídricos — São as águas superficiais, tais como: rios lagoas, córregos, lagos, riachos e outros.

Corpo Receptor — Rios, lagoas, lagos, mar e outros corpos hídricos que recebem qualquer tipo de poluente, como águas residuárias, esgoto doméstico e efluentes industriais.

Corrente Marinha — É o movimento permanente e continuado de uma massa de água do mar em uma determinada direção, percorrendo trechos do oceano. É também conhecida como corrente oceânica.

Correnteza — Em um curso de água, é o trecho em que a sua corrente vai mais rápido seja em um rio ou no oceano.

Crustáceo — São animais invertebrados pertencentes ao filo dos artrópodes, como: os camarões, as lagostas, as cracas, os caranguejos e siris, que vivem em ambiente aquático (água doce ou salgada).

Decompositores — Seres vivos heterótrofos, como algumas bactérias, fungos e protozoários, que "atacam" os cadáveres, excrementos, restos de vegetais e, em geral, matéria orgânica dispersa no substrato, decompondo-a em sais minerais, água e dióxido de carbono, que são depois reutilizados pelos vegetais.

Desmatamento — É o processo de retirada de florestas — completa ou não—, atualmente causado, em sua maior parte, por atividades humanas.

Desmoronamento de Barranco — É a movimentação dos solos pela força da gravidade terrestre, ocorrendo frequentemente como um deslizamento de terra, tendo diversas causas possíveis, entre elas: a erosão pelas águas das chuvas, de rios e do lençol freático.

Desova — O momento em que as tartarugas libertam seus ovos em um ninho na praia onde nasceu. Este ato é comum a outros animais e pode ser na água ou na terra.

Dinâmica Natural de Praia — É o conjunto de fatores naturais que interferem na geografia da praia. Pode ser uma transferência de areia de um local para outro, entre outras ocorrências.

Ecoeficiência — Conceito de produção com menor gasto de insumos e matérias-primas, contribuindo, assim, para reduzir o impacto produtivo sobre o ambiente.

Ecossistema — Sistema, local ou um recorte geográfico que inclui os seres vivos e o ambiente, com suas características físicas, biológicas, químicas e as inter-relações entre ambos.

Ecossistema Urbano — É a cidade constituída de todos os seus componentes bióticos (que possuem vida) e abióticos (não possuem vida).

Educação Ambiental — Processo de educação formal e não formal, por meio do qual o indivíduo e a coletividade constroem valores sociais, conhecimentos, habilidades, atitudes e competências voltadas para a conservação do meio ambiente.

Efluente — Resíduo proveniente das indústrias, dos esgotos e das redes pluviais, que é lançado no ambiente; é qualquer líquido ou gás gerado nas diversas atividades humanas e que é descartado na natureza.

Enchente — Abundância ou fluidez no volume de águas que extravasa dos rios, lagoas, lagos e outros corpos hídricos, devido ao excesso de chuvas, subida de maré ou outra ação natural.

Energia Eólica — É a transformação da energia do vento em energia elétrica. Gerar energia eletrica dessa forma é menos poluente que a energia gerada por Hidrelétricas e termoelétricas.

Erosão Marinha — Desgaste do solo através das ações do mar. Ela também desgasta as pedras e pode transportá-las junto com a areia para outros locais.

Esgoto — Líquidos ou dejetos excretados por animais, inclusive o ser humano, e que possui grande carga de matéria orgânica, agentes patogênicos e líquidos provenientes das atividades de uma cidade.

Espécie — Característica em comum que serve para dividir os seres em grupos, qualidade, natureza e gênero.

Estação de Tratamento de Água – ETA — É a unidade operacional em que há um conjunto de procedimentos físicos e químicos que são aplicados na água para que esta fique em condições adequadas para o consumo, ou seja, para que a água se torne potável.

Estação de Tratamento de Efluente – ETE — É a unidade operacional do sistema de esgotamento sanitário que através de processos físicos, químicos ou biológicos remove as cargas poluentes do esgoto, devolvendo ao ambiente o produto final — efluente tratado — em conformidade com os padrões exigidos pela legislação ambiental.

Estuário — Ambiente aquático de transição entre um rio e o mar. Sofre a influência das marés e apresenta fortes gradientes ambientais, desde águas doces vindas do rio, águas salobras e águas marinhas. Local onde os manguezais são desenvolvidos.

Eutroficação — Excesso de nutrientes como fósforo e nitrogênio, provenientes de esgoto doméstico, industrial e agrícola que são lançados em um corpo hídrico. A consequência é a proliferação excessiva de algas.

Extinção — Processo de eliminação ou desaparecimento de uma espécie ou táxon de um dado habitat ou da biota.

Fêmea Ovada — Fêmea que carrega os ovos ou ovas de sua espécie.

Fogão à Lenha — Tipo de fogão que utiliza madeira como combustível. Normalmente, as madeiras são provenientes de mata e sua extração é ilegal.

Foz ou Desembocadura — É o local onde um corpo de água fluente, como um rio, deságua em outro corpo de água, o qual pode ser um outro rio, uma lagoa, um lago ou o oceano.

Geleira — Extensa massa de gelo formada nas regiões em que a queda de neve suplanta o degelo e que desce das montanhas para as encostas e vales ou recobre vastas áreas territoriais, como as das regiões polares.

Geomorfologia — Uma parte da geologia física que estuda as formas, origem e evolução do relevo.

Gestores Públicos — Aqueles que ocupam cargos eletivos, tais como: Presidente da República, Governadores do Estado, Prefeitos e outros.

Gradiente Ambiental — Variação de uma grandeza ao longo de uma dimensão espacial em uma direção. É o caso do gradiente da vegetação encontrado na restinga de Iquipari.

Habitat — É uma área ecológica ou ambiental que é habitada por uma determinada espécie de animal, planta ou outro organismo. A área onde o organismo vive e onde pode encontrar alimento, abrigo, proteção e companheiros para reprodução.

Hospital Veterinário — Local da Universidade Estadual do Norte Fluminense Darcy Ribeiro que trata da saúde de animais e onde pesquisas são desenvolvidas.

Ilha de Resíduos — Porção de resíduos flutuando nos oceanos. É Composta por resíduos provenientes dos continentes, que causam problemas ambientais à fauna e à flora do ambiente marinho.

Impacto Ambiental — É a alteração no meio ambiente ou em algum de seus componentes por determinada ação ou atividade humana.

Intemperismo — Conjunto de processos físicos, químicos e biológicos que ocasionam a desintegração e a decomposição das rochas. Sua dinâmica acontece através da ação dos agentes de transformação do relevo, como a água, o vento, a temperatura e os seres vivos.

Lâmina de Água — É a altura somada à extensão da coluna de água de um corpo hídrico.

Lagoa — Depressão de pequena profundidade, contendo água doce ou salgada.

Legislação — Conjunto de Leis e Decretos que estabelecem condutas e ações aceitáveis ou recusáveis de um indivíduo, instituição ou empresa.

Lençol Freático — Lençol de água subterrâneo que se encontra em profundidade relativamente pequena.

Licenciamento Ambiental — É uma exigência legal e uma ferramenta do poder público para o controle ambiental de empresas potencialmente poluidoras.

Litoral Brasileiro — Designa a faixa de terra junto à costa marítima. É um adjetivo usado para designar aquilo que diz respeito à beira-mar. No caso do Brasil, toda a costa é banhada pelo oceano Atlântico.

Lixo — Qualquer material ou detrito oriundo de trabalhos domésticos ou industriais que se joga fora. Entretanto, deveria ser reaproveitado ou reciclado.

Mãe Natureza — Definição pela qual a natureza é vista como a figura materna que gera e cuida de seus filhos. Uma representação da Natureza que trata da fertilidade, dos ciclos e do cultivo simbolizados pela mãe.

Manguezal — Vegetação resistente à água salgada em sedimento lamoso, que se forma junto à foz de rios. É considerado o berçário da vida marinha.

Maré — Alteração cíclica do nível das águas do mar, causada pelos efeitos combinados da rotação da Terra com as forças gravitacionais exercidas pela Lua sobre o campo gravítico da Terra.

Mata Ciliar — É a vegetação localizada nas margens dos rios, córregos, lagos, lagoas, represas e nascentes. Protege as margens de erosão e, por consequência, os corpos hídricos do assoreamento. Possui esse nome em comparação com os cílios que protegem os olhos.

Matéria Orgânica — É geralmente heterogênea e composta por restos de animais e vegetais e de seus resíduos lançados no ambiente.

Metano — Primeiro hidrocarboneto da série dos alcanos (CH_4), encontrado no gás natural, carvão e no petróleo. É utilizado como combustível. Quando na atmosfera, contribui para o efeito estufa.

Metais Pesados — Grupo de elementos químicos metálicos de peso atômico relativamente alto. Podem poluir os ecossistemas e, geralmente, são bastante tóxicos aos animais e vegetais. São exemplos desses metais: Estanho (Sn), Chumbo (Pb), Cobre (Cu), Mercúrio (Hg), Cádmio (Cd), Bismuto (Bi), Cobalto (Co), Cromo (Cr), entre outros.

Ninho — Local de reprodução e/ou domicílio. Receptáculo onde os ovos são postos e eclodem, podendo ou não os filhotes residirem por um tempo.

Organismos Bentônicos — Toda fauna encontrada no fundo de corpos hídricos.

Oxigênio Dissolvido — Oxigênio que está dissolvido na água e que é utilizado para a respiração dos animais que nela vivem, inclusive microorganismos.

Paisagem — composição de elementos da natureza no espaço, dentre os quais a fauna, a flora, o homem e tudo aquilo que é construído ou natural e que faz parte do espaço geográfico.

Poluição — Degradação das características físicas ou químicas do ecossistema, por meio da remoção ou adição de substâncias ao solo, ar e água.

Poluição Agrícola — Aquela proveniente de dejetos sólidos, gasosos e líquidos produzidos ou gerados por qualquer atividade agrícola, incluindo carreamento de agrotóxicos, fertilizantes e outros agroquímicos para corpos hídricos; erosão; poeira do solo arado; fezes e restos de animais; resíduos de safras e outros detritos inerentes à atividade.

Poluição Industrial — Degradação do ambiente causada por qualquer atividade industrial potencialmente poluidora.

Poluição Sonora — Aquela produzida por ruídos excessivos que prejudicam a audição dos animais, inclusive do bicho homem.

População — Grupo de indivíduos da mesma espécie que acasalam uns com os outros, produzindo descendência e promovendo intercâmbio de informações genéticas. Ocupa uma área determinada e possui como atributos taxa de natalidade e mortalidade, proporção de gênero, equilíbrio na idade, imigração e emigração.

Praia — Faixa de terra coberta de areia junto ao mar, rio ou lagoa. Área onde as pessoas costumam ficar para aproveitar esse ambiente.

Preamar — Maré alta, nível máximo de maré ou maré cheia.

Pressão Antrópica — Pressão exercida pelo homem no ambiente através dos impactos ambientais.

Progradação ou Engorda de Praia — É um processo natural de ampliação das praias, provocado pelo mar. Quando o mar deposita sedimentos, a costa é ampliada e a progradação é positiva. Já quando o mar retira sedimentos, a costa diminui e chamamos de uma progradação negativa.

Oceano — É a parte da superfície do planeta ocupada pela água salgada do mar. Rodeia os continentes e cobre aproximadamente 71% da Terra. Há cinco oceanos na Terra: o Pacífico, o Atlântico, O Índico, O Antártico e o Ártico. O litoral brasileiro é banhado pelo **Oceano Atlântico**.

Onívoro — Animal que come qualquer tipo de alimento, diferente de carnívoro e vegetariano. Normalmente é predador e seu sistema digestório é adaptado para processar qualquer tipo de alimento.

Plastrão — Parte inferior do casco da tartaruga. Local que deve ser massageado, caso o animal esteja desmaiado.

Polinização — É o transporte de pólen entre as flores, através do vento e de seres vivos, como abelha, besouros, borboletas, aves, morcegos e outros.

Predador — Aquele que vive de presas e/ou animal que persegue e mata indivíduos de outras espécies para se alimentar ou ainda quem destrói o ambiente em que atua.

Produção Primária — Matéria orgânica que é produzida por organismos autótrofos (vegetais) a partir da energia solar.

Propágulos — Estruturas vegetais que possuem células de crescimento que se desprendem de uma planta adulta (mãe) para dar origem a uma nova planta. São comuns no mangue, algas e outras plantas.

Quelônios — Constituem uma ordem da classe dos répteis que se caracterizam pela existência de placas ósseas nos costados. Exemplos: tartarugas e cágados.

Reciclagem — Processo de transformação dos resíduos que envolve a alteração de suas propriedades físicas, físico-químicas ou biológicas, com vistas à transformação em insumos ou novos produtos. Fato que diminui a necessidade de matéria-prima natural.

Rejeito — Resíduo que, depois de esgotadas todas as possibilidades de tratamento e recuperação por processos tecnológicos disponíveis e economicamente viáveis, não apresente outra possibilidade que não a disposição final ambientalmente adequada.

Reserva Particular do Patrimônio Natural – RPPN — É uma categoria de Unidade de Conservação particular criada em área privada por ato voluntário do proprietário, em caráter perpétuo, instituída pelo poder público. Como depende da vontade do proprietário, é ele quem define o tamanho da área a ser instituída.

Resíduo — Material, substância, objeto ou bem descartado que esteja nos estados sólido, semissólido, líquido ou gasoso, resultante de atividades humanas em sociedade. Sua destinação final deve obedecer aos parâmetros legais e não contaminar o ambiente.

Resíduos de Classe 1 — Classificados como perigosos, apresentam riscos à saúde pública e ao ambiente. Exigem tratamento e disposição especiais devido às suas características como corrosividade, ser inflamáveis, reativos, patogênicos e de toxidez elevada.

Resíduos de Classe 2 — Classificados como não-inertes, não apresentam periculosidade, porém não são inertes, pois podem ter propriedades, tais como: ser combustível, biodegradável e solúvel em água.

Resíduos de Classe 3 — Classificados como inertes, não quando solubilizados. Não apresentam concentrações superiores aos padrões de potabilidade de água, excetuando- -se os padrões de aspecto, cor, turbidez e sabor. Como exemplo destes materiais, são encontrados: rochas, tijolos, vidros e certos plásticos e borrachas que não são decompostos prontamente.

Respiração Pulmonar — As tartarugas marinhas fazem respiração pulmonar e precisam ir à superfície para apanhar o oxigênio do ar. Elas não retiram oxigênio da água, como fazem os peixes. Apesar dessa limitação, conseguem ficar bastante tempo debaixo da água, aproximadamente 30 minutos, devido ao seu eficiente sistema de transporte de oxigênio.

Restinga — Formação vegetal característica das dunas e planícies arenosas do litoral brasileiro. Faixa de areia ou de pedra que se prende ao litoral e avança pelo continente.

Rio — Curso de água natural que corre de uma parte mais elevada para uma mais baixa e que deságua em outro rio, lagoa ou no mar.

Sedimento — Material sólido desagregado, originado da alteração de rochas e transportado ou depositado pelo ar, água ou gelo. São exemplos: areia, argila e fragmentos de rochas.

Sereia Caudalosa — É uma figura da mitologia que encanta os pescadores e marinheiros. Está presente em lendas ligadas ao mar. Os povos que dependem do mar para se alimentar ou sobreviver possuem alguma representação feminina que enfeitiça com belos cantos os homens até se afogarem.

Solo — Material mineral e/ou orgânico inconsolidado na superfície superior da terra que serve como meio natural para o crescimento e desenvolvimento das plantas. Material proveniente da decomposição das rochas pela ação de agentes físicos ou químicos, podendo ou não ter matéria orgânica ou, simplesmente, produto da decomposição e desintegração da rocha pela ação de agentes atmosféricos.

Supralitoral — Área litorânea que recebe a umidade do mar, mas não é inundada pela água salgada.

Terreno Baldio — Local praticamente abandonado onde é comum encontrar mato alto, lixo ou entulho. Além de, por vezes, também serem encontrados animais como ratos, baratas e outros.

Tratamento Primário — Processo de tratamento de esgoto doméstico onde predomina os processos físicos. O objetivo é separar sólidos grosseiros e sedimentáveis, como areia e flutuantes.

Tratamento Secundário — Processo de tratamento de esgoto doméstico que utiliza microorganismos para degradar o esgoto.

Unidade de Conservação — É a denominação dada pelo Sistema Nacional de Unidades de Conservação da Natureza (SNUC) (Lei nº 9.985, de 18 de julho de 2000) às áreas naturais protegidas por suas características especiais. Entre as Unidades de Conservação estão Parques Nacionais e Estaduais, Reservas Biológicas, RPPN, entre outras.

Vegetariano (a) — Animal que se alimenta de vegetais, excluindo de sua dieta qualquer tipo de carne.

Veterinário — Profissional que pesquisa e cuida da saúde animal, prevenindo, diagnosticando e curando as doenças.

Zooplâncton — Microorganismo aquático. É o conjunto de organismos aquáticos heterotróficos, que vivem na superfície da água, seja de rios, lagos ou no oceano. Possuem pouca capacidade locomotora, sendo arrastados pelas correntes oceânicas ou pela vazão de um rio. Os principais representantes são: alguns protozoários, pequenos crustáceos (copépodos e cladóceros), moluscos, oligoquetas, vermes, larvas de diferentes animais e peixes.